ビギナーズ・クラシックス　中国の古典

貞観政要

湯浅邦弘

角川文庫
20176

はじめに

帝王学の白眉

帝王学の最高傑作――。『貞観政要』を一言で表せば、こうなるでしょう。中国では、古来、さまざまな君主論が登場しました。また、王や皇太子の言動を記録し、それを後の教訓にしようとした文献も見られます。帝王はどうあるべきかという明確な課題を意識し、それを文献に記していったのです。悠久の歴史を持つ中国、そして早熟な文字の国・中国ならではの現象と言えましょう。

唐太宗（『歴代古人像賛』）

そうした中で、唐の時代に著された『貞観政要』は、太宗李世民《たいそうりせいみん》と臣下たちとの問答形式により、帝王のあるべき姿を追求した名著です。太宗は、唐の第二代皇帝。「貞観の治」という太平の世を実現した明君です。ただ、その即位に際しては、実は、血なまぐさい事件があり、それが太宗のトラウマとなっていました。失敗や苦難は人に反省を迫り、そこから人は成長を遂げていきます。太宗は多くの名臣たちと率直な意見交換を行い、唐の帝王としての条件を自覚していくことになりました。

書名は、「貞観の治」の「貞観」にちなみ、「政要」とは政治の要諦《ようてい》という意味です。本書は、この『貞観政要』をできるだけ平易に紹介することを目的として企画されたものです。そのため、先頭から順番に訳していくのではなく、現代的意義を持つと思われる九つのテーマを立て、全体を再編しながら抄訳し、解説を加えたものです。「明君の条件」「創業か守成か」「前轍《ぜんてつ》を踏むな」「後継者をどう養成するか」など、関心のあるテーマ（章）から自由にご覧いただければ幸いです。

なお、『貞観政要』は、全十巻四十篇。その中に収録された問答を計数すると、約二百八十条にもなる大部の書です。本書では、その内の四十七条を抄出しています。

著者呉兢と編纂の意図

ここで、『貞観政要』の基礎的な知識について少し整理しておきましょう。著者は、唐の歴史家の呉兢《ごきょう》。汴州浚儀《べんしゅうしゅんぎ》（現在の河南省開封市）の出身。生卒年の記録についてはやや異説もありますが、唐代の正史である『旧唐書《くとうじょ》』によれば、唐の天宝《てんぽう》八年（七四九）に八十歳で亡くなったとありますので、単純に計算すると、生まれ年は六六九年となります。ただ、当時の人は、いわゆる数え年で年齢を表記しますので、実は、満七十九歳。つまり、生まれ年は、六七〇年とも考えられます。本書の年表では、呉兢の生卒年を、一応、六七〇〜七四九年としておきました。

武則天（『集古像賛』）

この呉兢は、唐代を代表する歴史家で、長年、都の史館にあって、歴代帝王の実録の編纂《へんさん》にもたずさわりました。その彼が『貞観政要』という大部の書を編纂したのはなぜでしょうか。それは、ちょうど呉兢が活躍していた時代、唐では、大きな政治的混乱があったからです。年表にも記した通り、六八四年、第三代高宗《こうそう》の後を受け、第四代皇帝李顕《りけん》（中宗《ちゅうそう》）が即位しますが、即位後すぐに武則天《ぶそくてん》（高宗の皇后。中宗の生母）によって退位させられています。そして、六九〇年、武則天が李旦《りたん》（睿宗《えいそう》）を廃し、中国史上初の女帝として即位します（則天武后《そくてんぶこう》）。しかし七〇五年には、中宗が復位しました。こうした宮中の混乱を呉兢は目の当たりにしたのです。そこで、復位した中宗への期待も込めて、第二代太宗によって実現された「貞観の治」を顕彰し、唐の王権維持に寄与しようとしたのです。「貞観の治」とは、充実した軍事力、豊かな農業生産、運河や交通網の整備、書画・工芸の発達など、中国史上類を見ない輝かしい一時期でした。中国の混乱や戦争の長い歴史の中で、そこだけが太平の世として違う色彩を放っているのです。そうした時代を振り返りながら、呉兢はこの書を編纂したのでした。

『貞観政要』の成立

では、この『貞観政要』は、具体的には、いつ頃成立したのでしょうか。実は、この問題は大変難しく、いくつかの考え方があります。詳しい考証のプロセスは省略して、三つの説の要点だけを紹介してみましょう。

第一は、第四代皇帝中宗の時に完成し進呈されたという説。

第二は、第六代皇帝玄宗の開元八年（七二〇）か九年頃に成立し進呈されたという説。

第三は、玄宗の開元年間と天宝年間の間頃に成立し進呈されたという説。

いずれにしても、太宗が亡くなってから約五十～六十年くらい後に成立したと考えられているのです。これらは、中国の学界での有力な考え方なのですが、実は、日本でも、原田《はらだ》種成《たねしげ》氏によって興味深い説が提唱されています。それは、二度にわたり、少し異なる内容の『貞観政要』が上進《じょうしん》されたというもので、はじめは、第四代皇帝中宗に進呈したもの（これを初進本《しょしんぼん》と呼びます）、次は、それに少し手を加えて、第六代皇帝玄宗に進呈したもの（これを再進本《さいしんぼん》と呼びます）。つまり、進呈の時期はそもそも二度あり、はじめから大きく二系統のテキストがあったのではないか、とする説です。ここから、やや複雑なテキストの問題が生ずることになるのですが、その点については、巻末の「テキスト解説」で改めて補足してみましょう。

『貞観政要』の伝来と評価

『貞観政要』がいつ頃日本に伝来したのか、という問題も重要です。これについて大きな指標となるのは、『日本国見在書《げんざいしょ》目録』という本です。寛平《かんぴょう》三年（八九一）頃に成立した図書目録で、その時点でどのような漢籍が日本に存在していたのかが分かる非常に貴重な資料です。そして、そこでは、漢籍が伝統的な四部《しぶ》分類（経・史・子・集）で列挙されていて、その中の「子」部の「雑家《ざつか》」類に、『顔氏家訓《がんしかくん》』（南北朝時代の顔之推《がんしすい》の著）などと並んで、『貞観政要』の名が見えます。これにより、遅くとも、平安前期には日本に伝来していたことが分かります。

日本でも、この書は高く評価され、歴代天皇にも進講されました。今でも、明治神宮宝物殿には、明治天皇ご使用の漢籍として、『五経』『四書』『十八史略』などとともに、この『貞観政要』も保管されています。徳川家康もこの書を刊行し、紀州藩でも和刻本を出版して、それが全国的に広く読まれるようになりました。たとえば、大坂には当時、懐徳堂という学問所（漢学塾）があったのですが、優秀な人材の育成に苦慮した大坂町奉行は、懐徳堂の教授を招いて、『貞観政要』や『論語』の講義を開き、与力同心の子弟に漢文を教えたことが知られています。

『貞観政要』を今読むことの意義

では、江戸時代の人々や歴代天皇はともかくとして、今、私たちが『貞観政要』を読むことについては、どのような意義があるのでしょうか。

第一は、混迷する現代社会の中で、組織をどう運営していくかという問題です。人は一人では生きていけません。大小さまざまであっても、組織・グループの中で生きていくはずです。太宗も、一人で「貞観の治」を成し遂げたのではありません。組織論として読む。ここに第一の意義があると思います。

第二は、強いリーダーシップです。中国では秦《しん》の始皇帝、日本では織田信長や田中角栄が最近再評価されています。これも、先行きの見えない現代社会の中で、濃い霧を払ってくれるような強い指導者が求められているからでしょう。太宗は、稀代《きたい》の明君であり、強いリーダーシップを持っていました。リーダー論としても大きな意義を持っているでしょう。

第三は、それと一見矛盾するかもしれませんが、聞く耳を持つことの重要性です。『貞観政要』の重要テーマの一つに「諫諍《かんそう》」があります。これは部下が上司に向かって遠慮なく意見を言ったり、上司の非を批判することです。本書でも、これを特に重視し、三番目に「諫《いさ》める臣下、聞き入れる君主」という章を立てました。部下がいかに重要な提言・批判をしても、上司がそれを無視したり、逆に怒りを発して処罰したりしては、どうにもなりません。強いリーダーシップとは、決して暴走したり独断専行したりすることではないのです。むしろ、聞く耳を持つことによって、うまく軌道修正できることが肝要です。

第四は、部下の存在です。太宗に進言する臣下たちは、まさにきら星のような名臣たちでした。武将として有名な人、書家としても名を残した人。上司が、このようなすぐれた部下に恵まれていたらどんなに幸せでしょうか。ただそれには、いくつかの条件も必要です。それは「人を選ぶ」（第七章）目を持つこと。自身の「言葉と行動に責任を持つ」（第九章）ということです。そうであってはじめて、才能ある部下がその人のもとに集《つど》ってくるのです。

最後に第五として、「創業か守成か」（第二章）という問題があります。『貞観政要』の最重要のテーマと言ってもよいでしょう。ものごとを0から始めるのは大変です。大きなエネルギーを要します。ただ、それにも増して難しいのは、その築き上げた成果を守り、さらに継承発展させていくことです。第二代皇帝であった太宗も、この問題に直面しました。また、関連して、「後継者をどう養成するか」（第六章）も、普遍的な課題です。

このように、『貞観政要』は、社会の中で生きる私たちに、さまざまな観点から重要な課題を突きつけてくれます。本書を一読していただければ、現代を生き抜くヒントが必ず見つかることでしょう。

目次

地図作成／小林美和子

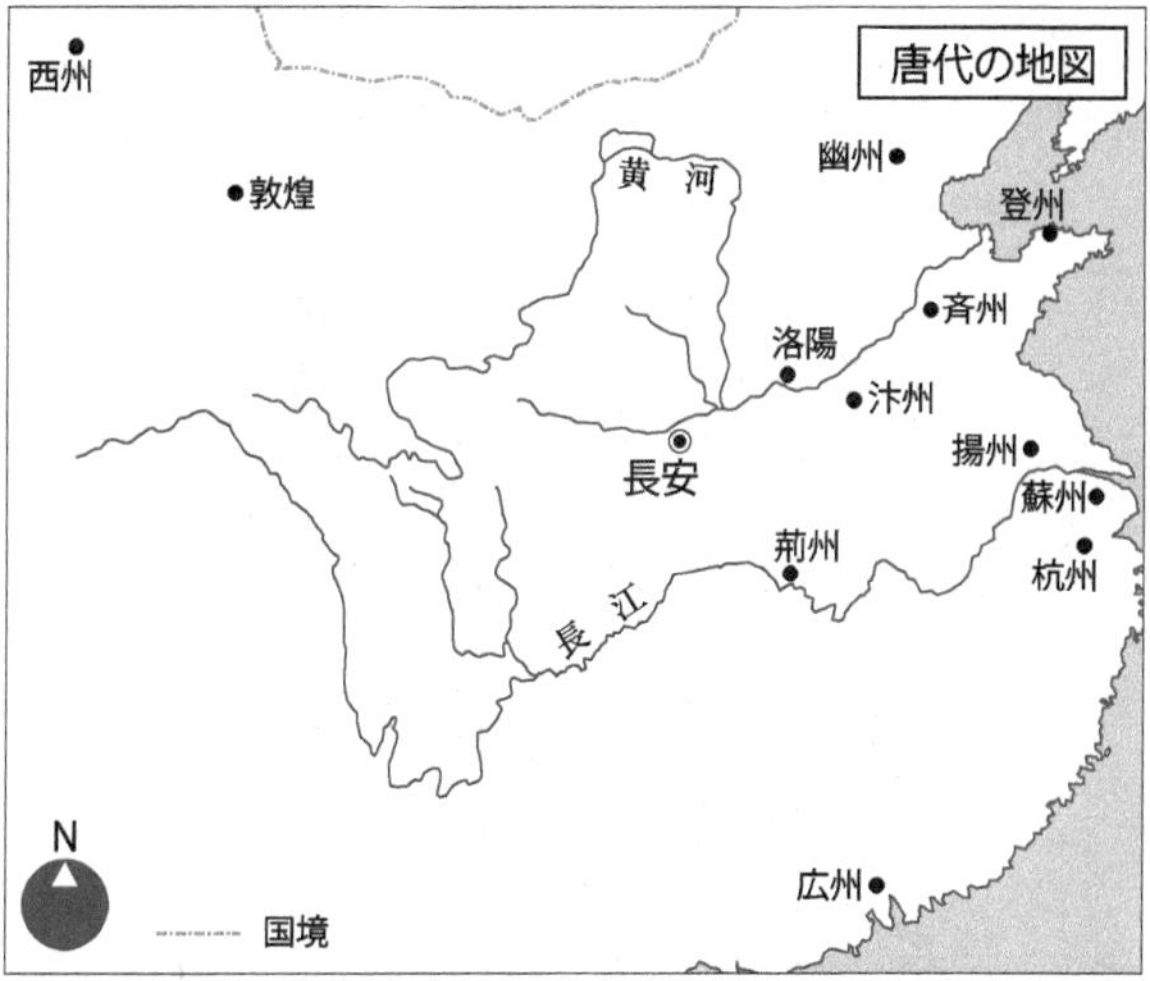
唐代の地図
西州
敦煌
黄河
幽州
登州
斉州
洛陽
汴州
長安
揚州
蘇州
荊州
杭州
長江
広州
N
国境

【凡例】

一、本書は、『貞観政要』の抄訳で、筆者（湯浅）が設定した九つのテーマに沿って再編したものです。

二、各条は、現代語訳、書き下し文、原文（返り点付き）、解説からなります。

三、底本《ていほん》（基準としたテキスト）は、『貞観政要集校《しゅうこう》』（謝保成、中華書局、二〇〇三年）です。この本の詳細については、巻末の「テキスト解説」をご覧下さい。

一、明君の条件

『貞観政要』でまず問題にされたのは、君主とはどうあるべきかということでした。古来、さまざまな君主論が見られます。古くは、殷《いん》王朝の王や春秋戦国時代の諸侯について、いろいろな文献が君主論を説きました。ただ、具体的な理想像は、比較的近い時代の教訓から得られるものでしょう。魏《ぎ》晋《しん》南北朝の混乱や、短命で終わった隋《ずい》の後を受け、唐《とう》の王はどのような条件を備えるべきなのか、太宗《たいそう》は自問自答し、また臣下たちに問いかけています。

そこで、最も大切だと自覚されたのは、なによりもまず自分自身を正す、ということです。儒家《じゅか》的な倫理だと言ってもいいでしょう。そして、明君と暗君の違いが説かれた後、部下の言葉に素直に耳を傾けることの重要性が指摘されています。

さらに興味深いのは、災害と王との関係です。現代社会では、災害は自然科学の研究対象です。しかし、古代ではそうではなかったのです。水害や干ばつといった災害は、単なる自然現象ではなく、王の不徳が招いて起こると考えられていたのです。災害の有無やそれにどのように対処するかという点も、明君の重要な条件でした。

君たるの道はまず身を正す

貞観《じょうがん》［年間］の初めに、太宗がおそばに仕える臣下たちに言われた。「君主たる者の道は、必ずまずは人民を存続させなければならない。もし人民を苦しめてわが身に役立てようとするのであれば、それはまるで、自分の股《また》の肉を割《さ》いて自分の腹を満たそうとするようなものだ。ひととき腹は満たされるかもしれないが、その身は死んでしまうだろう。もし天下を安定させようとするのなら、必ずまずは自分自身を正さなければならない。身が正しくまっすぐなのにその影が曲がったり、上の者がきちんとおさまっていながら下々の者が乱れる、というようなことはない。私はいつもその身を滅ぼす者について考えるに、決して外圧によってではなく、みな自らの欲望によってその禍根《かこん》を作ってしまうのだ。もし、ごちそうにふけり楽しみ、音楽や色気を愛好すれば、その欲望は限りなく、費用もまた莫大となる。それは政治を妨げ、また人民を苦しめるものである。さらに、君主が一つでも理にそぐわない言葉を発すれば、人民はそのためにばらばらとなる。そして恨《うら》みの声が起こり、離反・謀反も興る。私はいつもこのことに思いをいたし、決して欲望のままにふるまうようなことはしないのである」。　（君道）

貞観《じょうがん》の初《はじ》め、太宗《たいそう》侍臣《じしん》に謂《い》いて曰《いわ》く、「君為《きみた》るの道《みち》は、必《かなら》ず須《すべか》らく先《ま》ず百姓《ひゃくせい》を存《そん》すべし。若《も》し百姓《ひゃくせい》を損《そん》して以《もっ》て其《そ》の身《み》に奉《ほう》ぜば、猶《な》お股《また》を割《さ》きて以《もっ》て腹《はら》に啖《くら》わすがごとし。腹飽《はらあ》きて身斃《みたお》る。若《も》し天下《てんか》を安《やす》んぜんとすれば、必《かなら》ず須《すべか》らく先《ま》ず其《そ》の身《み》を正《ただ》すべし。未《いま》だ身《み》正《ただ》しくして影曲《かげまが》り、上理《かみおさ》まりて下乱《しもみだ》るる者有《ものあ》らず。

貞観初、太宗謂二侍臣一曰、「為レ君之道、必須三先存二百姓一。若損二百姓一以奉二其身一、猶二割レ股以啖一レ腹。腹飽而身斃。若安二天下一、必須三先正二其身一。未レ有二身正而影曲、上理而下乱者一。朕毎思下傷二其身一

朕毎《ちんつね》に其《そ》の身《み》を傷《やぶ》る者《もの》を思《おも》うに、外物《がいぶつ》に在《あ》らず、皆《みな》嗜欲《しよく》に由《よ》りて、以《もっ》て其《そ》の禍《わざわい》を成《な》す。若《も》し滋味《じみ》に耽《ふけ》り嗜《たしな》み、声色《せいしょく》を玩《もてあそ》び悦《よろこ》べば、欲《ほっ》する所《ところ》既《すで》に多《おお》く、損《そん》する所《ところ》も亦《ま》た大《だい》なり。既《すで》に政事《せいじ》を妨《さまた》げ、又《また》生人《せいじん》を擾《みだ》す。且《か》つ復《ま》た一《いっ》の非《ひ》理《り》の言《げん》を出《いだ》せば、万姓《ばんせい》之《これ》が為《ため》に解体《かいたい》す。怨讟《えんとく》既《すで》に作《おこ》り、離叛《りはん》も亦《ま》た興《おこ》る。朕毎《ちんつね》に此《これ》を思《おも》い、敢《あえ》て縦逸《しょういつ》せず」。

者上、不レ在二外物一、皆由二嗜欲一以成二其禍一。若耽二嗜滋味一、玩二悦声色一、所レ欲既多、所レ損亦大。既妨二政事一、又擾二生人一。且復出二一非理之言一、万姓為レ之解体。怨讟既作、離叛亦興。朕毎思レ此、不二敢縦逸二」。

▼自滅するのは外からの要因によってではなく、君主自身の欲望によるのだという指摘は、きわめて重要です。『論語』にも、「其《そ》の身を正しくする能《あた》わざれば、人を正しくすることを如何《いかん》せん」（子路《しろ》篇）とありました。自分自身を正すことができないような人がどうして天下を治めることなどできましょうか。伝統的な儒家の思想では、内から外へ、またわが身から社会全体へ、という方向性が意識されています。太宗も、社会の安

定と存続が、なによりまず自分自身の節制にあることを自覚していたのです。

明君と暗君の違い

貞観二年、太宗が魏徴《ぎちょう》に問うて言われた。「明君《めいくん》・暗君《あんくん》とはどのようなものを言うのか」。魏徴が言った。「君主が聡明《そうめい》である理由は、広く多くの人の意見を聞く（兼聴《けんちょう》する）からです。暗愚《あんぐ》な理由は、一人の言うことだけを信じる（偏信《へんしん》する）からです。『詩経《しきょう》』にこうあります、『先人が言っている、薪《まき》を採るような卑しい者（芻蕘《すうじょう》）にも問いたずねる』と。昔、堯舜《ぎょうしゅん》（唐虞《とうぐ》）の政治は、四方の門を開き、四方に目を向け、四方に耳を傾けるようにしました。それだからこそ、その聡明さはすべてを照らし出したのです。そのために、共工《きょうこう》や鯀《こん》のやからも、王のじゃまをすることはできませんでした。言行不一致（靖言庸回《せいげんようかい》）の者も、王を惑わすことはできなかったのです」。

（君道）

貞観二年《じょうがんにねん》、太宗《たいそう》魏徴《ぎちょう》に問《と》いて曰《いわ》く、「何《なに》をか謂《い》いて明君暗君《めいくんあんくん》と為《な》す」。徴曰《ちょういわ》く、「君《きみ》の明《あき》らかなる所以《ゆえん》の者《もの》は、兼聴《けんちょう》すればなり。其《そ》の暗《くら》き所以《ゆえん》の者《もの》は、偏信《へんしん》すればなり。詩《し》に云《い》う、『先人《せんじん》に言有《げんあ》り、芻蕘《すうじょう》に詢《と》う』。昔《むかし》、唐虞《とうぐ》の理《り》は、四門《しもん》を闢《ひら》き、四目《しもく》を明《あき》らかにし、四聡《しそう》に達《たっ》す。是《ここ》を以《もっ》て聖《せい》照《て》らさざる無《な》し。故《ゆえ》に共鯀《きょうこん》の徒《と》、塞《ふさ》ぐ能《あた》わざるなり。靖言庸回《せいげんようかい》、惑《まど》わす能《あた》わざるなり」。

貞観二年、太宗問二魏徴一曰、
「何謂為二明君暗君一」。徴曰、
「君之所二以明一者、兼聴也。
其所二以暗一者、偏信也。詩云、
『先人有レ言、詢二于芻蕘一』。
昔唐虞之理、闢二四門一、明二四
目一、達二四聡一。是以聖無レ不レ
照。故共鯀之徒、不レ能レ塞也。
靖言庸回、不レ能レ惑也」。

▼魏徴は、太宗の問いに対して、明君と暗君の違いを説明します。この両者を分けるのは、要するに聞く耳をもっているかどうかだと言うのです。明君は、どんな人からも広く意見を聞き、また自分の知らないことを尋ねる。逆に暗君は、お気に入りの一人の臣下の言うことだけを信じ、他の人の言うことに耳をふさいでしまうのです。

ここで重視されている「聴く」ということは、本書の第三章でテーマとなる「諫諍《かんそう》」にもつながります。臣下が勇気を持って君主の非を正す。そして君主は大きな度量でその意見を聞き入れる。これこそ、明君と名臣との良好な関係なのです。

なお、ここで反面教師として出てくる共工《きょうこう》とは、堯舜《ぎょうしゅん》時代の悪人の代表です。聖人の舜によって、流刑に処せられました。また、鯀《こん》とは、聖人の禹《う》の父なのですが、治水工事に失敗し、舜に殺されたと伝えられています。四方に目を向け、耳を傾ける聡明な君主には、この共工や鯀のような悪人も手出しはできないというのです。

また、「靖言庸回」とは出典のある言葉です。『書経《しょきょう》』堯典《ぎょうてん》に、「静かなれば言い、庸《もち》いれば違《たが》う」とあります。これは、聖人の堯が共工を批判した言葉で、なにごともないときにはよく発言するが、いざこれを登用してみると、言葉とうらはらな行動をとる、という意味で、要するに言行不一致ということです。そんな輩《やから》も、聡明な君主を惑わすことはできないというのです。

魏徴（「凌煙閣功臣図」）

十思九徳を保つ

［貞観十一年、魏徴が上書して言った。］人の君主となる者は、［以下の十のことを思うことが重要です。第一に］実に欲しいものを見たときには、足《た》るを知ることによって自身を戒めることを思い、［第二に］大事業を興《おこ》そうとするときには、やめることを知って人々を安んずることを思い、［第三に］高く危ういことを思うときには、謙沖《けんちゅう》（謙遜して自身を虚しくする）にして自身を処することを思い、［第四に］満ちてあふれることを思うときには、大河や海がすべての川よりも低いところにあることを思い、［第五に］盤遊《ばんゆう》（狩猟などの大がかりな遊び）を楽しむときには、三駆《さんく》（四方の内、三方だけに網を張って動物を駆り立てること）を限度とすることを思い、［第六に］怠《なま》けて怠《おこた》る心配があるときには、始めを慎《つつし》み終わりを敬《けい》することを思い、［第七に］壅蔽《ようへい》（王の耳目をふさいで情報を知らせないこと）を心配するときには、心を虚しくして臣下の言を受け入れることを思い、［第八に］讒言《ざんげん》をなす邪悪な人を思うときには、身を正しくして悪をしりぞける

ことを思い、［第九に］恩恵を加えようとするときには、喜びによって賞を誤ることのないようにと思い、［第十に］罰を与えようとするときには、怒りによって刑を濫用《らんよう》することがないようにと思う。この「十思《じつし》」をすべて守り、「九徳《きゅうとく》」を弘め、能力のある者を選んで任命し、善行ある者を選んで［その言動に］従えば、智者《ちしゃ》はその計謀を尽くし、勇者《ゆうしゃ》はその力《ちから》を尽くし、仁者《じんしゃ》はその恩恵を敷き広げ、信者《しんしゃ》はその忠誠心をいたし、文人も武人も争って馳《は》せ参じ君臣ともに何もすることなく、遊行《ゆうこう》の楽しみを尽くすことができ、松喬《しょうきょう》の寿《じゅ》（松赤子《しょうせきし》や王子喬《おうしきょう》といった仙人のような長寿）を保つことができ、琴を鳴らして手をこまねいて、何も言うことなくして［天下が自然と］教化されるでしょう。どうして必ずしも精神を疲れさせ、気持ちを苦しめて、下級役人の代わりをし［て雑事に奔走し］、聡明なる［天子の］耳目《じもく》を疲れさせて、無為《むい》の大道《たいどう》（無為のままで天下が治まるという天子の大いなる道理）を欠くことがありましょうか。

（君道）

一　人《ひと》に君《きみ》たる者《もの》、誠《まこと》に能《よ》く欲《ほっ》すべきを見《み》れば、

君㆑人者、誠能見㆑可㆑欲、則

則《すなわ》ち足《た》るを知《し》りて以《もっ》て自《みずか》ら戒《いまし》むるを思《おも》い、将《まさ》に作《な》す有《あ》らんとすれば、則《すなわ》ち止《とど》まるを知《し》りて以《もっ》て人《ひと》を安《やす》んずるを思《おも》い、高危《こうき》を念《おも》えば、則《すなわ》ち謙沖《けんちゅう》にして自《みずか》ら牧《やしな》うを思《おも》い、満溢《まんいつ》を懼《おそ》るれば、則《すなわ》ち江海《こうかい》の百川《ひゃくせん》に下《くだ》るを思《おも》い、盤遊《ばんゆう》を楽《たの》しめば、則《すなわ》ち三駆《さんく》以《もっ》て度《ど》と為《な》すを思《おも》い、懈怠《かいたい》を憂《うれ》うれば、則《すなわ》ち始《はじ》めを慎《つつし》みて終《お》わりを敬《けい》するを思《おも》い、壅蔽《ようへい》を慮《おもんぱか》れば、則《すなわ》ち心《こころ》を虚《むな》しくして以《もっ》て下《しも》を納《い》るるを思《おも》い、讒邪《ざんじゃ》を想《おも》えば、則《すなわ》ち身《み》を正《ただ》しくして以《もっ》て悪《あく》を黜《しりぞ》くるを思《おも》い、恩《おん》の加《くわ》うる所《ところ》は、則《すなわ》ち喜《よろこ》びに因《よ》りて以《もっ》て賞《しょう》を謬《あやま》る無《な》きを思《おも》い、罰《ばつ》の及《およ》ぶ所《ところ》は、則《すなわ》ち怒《いか》りに因《よ》りて刑《けい》を濫《みだり》にする無《な》きを思《おも》う。此《こ》の十思《じっし》を

思二知レ足以自戒一、将レ有レ作、則思二知レ止以安一レ人、念二高危一、則思二謙沖而自牧一、懼二満溢一、則思三江海下二百川一、楽二盤遊一、則思二三駆以為一レ度、憂二懈怠一、則思二慎レ始而敬一レ終、慮二壅蔽一、則思二虚レ心以納一レ下、想二讒邪一、則思二正レ身以黜一レ悪、恩所レ加、則思レ無二因レ喜以謬一レ賞、罰所レ及、則思レ無二因レ怒而濫一レ刑。総二此十思一、弘二茲九徳一、簡レ能而任レ之、択レ善而従レ之、則智者尽二其謀一、勇

総《す》べ、茲《こ》の九徳《きゅうとく》を弘《ひろ》め、能《のう》を簡《えら》びて之《これ》に任《にん》じ、善《ぜん》を択《えら》びて之《これ》に従《したが》えば、則《すなわ》ち智者《ちしゃ》は其《そ》の謀《はかりごと》を尽《つ》くし、勇者《ゆうしゃ》は其《そ》の力《ちから》を竭《つ》くし、仁者《じんしゃ》は其《そ》の恵《けい》を播《し》き、信者《しんしゃ》は其《そ》の忠《ちゅう》を効《いた》し、文武《ぶんぶ》争《あらそ》い馳《は》せ、君臣事無《くんしんことな》くして、以《もっ》て予遊《よゆう》の楽《たの》しみを尽《つ》くすべく、以《もっ》て松喬《しょうきょう》の寿《じゅ》を養《やしな》うべく、琴《こと》を鳴《な》らし垂拱《すいきょう》し、言《い》わずして化《か》せん。何《なん》ぞ必《かなら》ずしも神《しん》を労《ろう》し思《おも》いを苦《くる》しめ、下司《かし》の職《しょく》に代《か》わり、聡明《そうめい》の耳目《じもく》を役《えき》し、無為《むい》の大道《たいどう》を虧《か》かんや。

者竭二其力一、仁者播二其恵一、信者効二其忠一、文武争馳、君臣無レ事、可三以尽二予遊之楽一、可三以養二松喬之寿一、鳴レ琴垂拱、不レ言而化。何必労レ神苦レ思、代二下司職一、役二聡明之耳目一、虧二無為之大道一哉。

▼「十思九徳《じっしきゅうとく》」としてまとめられる明君の条件です。冒頭の君道篇には、魏徴《ぎちょう》の長大な上書が記録されています。右はその一節。「十思」については、その内訳が詳しく説か

れていますが、「九徳」はどうでしょうか。実はこの言葉、「行いに九徳有り」として、『書経』皐陶謨篇《こうようぼ》に見えます。その内容を書き下し文と現代語訳で記しておきましょう。

寛《かん》にして栗《りつ》、柔《じゅう》にして立《りつ》、愿《げん》にして恭《きょう》、乱《らん》にして敬《けい》、擾《じょう》にして毅《き》、直《ちょく》にして温《おん》、簡《かん》にして廉《れん》、剛《ごう》にして塞《さい》、彊《きょう》にして義《ぎ》。

寛容であってしかも厳しい。柔和であってしかもしまりがある。慎ましやかでしかも物事の処理がてきぱきしている。物事に明敏でしかも敬いの心がある。従順でしかも果断。正直でしかも温和。おおまかでしかも清廉。剛毅でしかも思慮深い。実行力に富みしかも正義にはずれない。

臣下の皐陶《こうよう》が王の禹《う》に向かって述べたのがこの「九徳」でした。人徳がその行動に表れるのはこの九つ。これによってその人物を知るのだと言うのです。魏徴は、「十思」と、この有名な「九徳」とを天子自身が保ち弘めることが肝要だとしています。そうすれば、天子は宮殿の奥深くで何もすることなく天下は自然に治まっていくとしています。「無為《むい》の治《ち》」というと、何か道家思想のような響きもありますが、『論語』に、孔子の言葉として次のようにあります。

無為《むい》にして治《おさ》まる者《もの》は、其《そ》れ舜《しゅん》か。夫《そ》れ何《なに》をか為《な》さん。己《おのれ》を恭《うやうや》しくし正《ただ》しく南面《なんめん》するのみ。（衛霊公《えいれいこう》篇）

自分自身は無為のままで天下が治まっているのは、あの舜であろうか。舜は何をしただろうか。ただ自分を慎み恭しくして南面していた（王位に就いていた）だけであった。

孔子（『歴代古人像賛』）

つまり、こうした統治のあり方は、儒家思想の理想型の一つでもありました。

なお、これに対する太宗の反応は、次のようなものでした。太宗は、自ら詔《みことのり》を書いて魏徴に答えられた。「たびたびの意見をよくよく見るに、卿の誠実さはまごころを極めており、卿の言葉は懇切周到を極めている。［上書を］読んで倦《あ》くことがなく、いつも夜半に達してしまう」と。

謙虚にその道の達人に問う

貞観の初めに、太宗が蕭瑀《しょうう》に言われた。「私は若い頃から弓矢《ゆみや》を好んでいる。弓の妙を尽くしていると自負していた。ところが近ごろ、良い弓を十余りも手に入れたので、弓工《きゅうこう》（弓の専門の職人）に見せたところ、『みな良材《りょうざい》ではありません』という。私がそのわけを問うと、弓工はこう言った。『木の心《しん》がまっすぐでないと、木目がすべてゆがんでしまいます。たとえどんなに強い弓でも、まっすぐに矢は飛びません。だから良い弓ではありません』。私ははじめて悟った。私は弓矢の力で四方を平定し、これまで弓を使うことが多かった。だが実は、その筋目《すじめ》のことが少しも分かっていなかったのだ。ましてや私が天下を取ってからまだ日は浅く、政治の本質を理解することについては、もとより弓には及ばない。弓についてさえ、その見方が間違っていた。政治についてはなおさら分かっていないのだ」。これ以降、在京の五品《ごひん》以上の官吏たちに命じて、代わる代わる中書内省《ちゅうしょないしょう》（宮中の役所）に宿直させ、常に召し出して座を与え、ともに語って宮殿の外のことを問いたずね、人民の利害や、政治・教育の得失を知るよう努めた。（政体）

貞観《じょうがん》の初《はじ》め、太宗《たいそう》蕭瑀《しょうう》に謂《い》いて曰《いわ》く、「朕少《ちんわか》くして弓矢《きゅうし》を好《この》む。自《みずか》ら謂《おも》えらく、能《よ》く其《そ》の妙《みょう》を尽《つ》くすと。近《ちか》ごろ良弓《りょうきゅう》十数《じゅうすう》を得《え》、以《もっ》て弓工《きゅうこう》に示《しめ》す。乃《すなわ》ち曰《いわ》く、『皆良材《みなりょうざい》に非《あら》ざるなり』。朕其《ちんそ》の故《ゆえ》を問《と》う。工曰《こういわ》く、『木心正《ぼくしんただ》しからざれば、則《すなわ》ち脈理皆邪《みゃくりみなじゃ》なり。弓《ゆみ》、剛勁《ごうけい》なりと雖《いえど》も、箭《や》を遣《や》ること直《なお》からず。良弓《りょうきゅう》に非《あら》ざるなり』。朕始《ちんはじ》めて悟《さと》る。朕弧矢《ちんこし》を以《もっ》て四方《しほう》

貞観初、太宗謂二蕭瑀一曰、「朕少好二弓矢一。自謂、能尽二其妙一。近得二良弓十数一、以示二弓工一。乃曰、『皆非二良材一也』。朕問二其故一。工曰、『木心不レ正、則脈理皆邪。弓雖二剛勁一、而遣レ箭不レ直。非二良弓一也』。朕始悟焉。朕以二弧矢一定二四

を定《さだ》め、弓《ゆみ》を用《もち》いること多《おお》し。而《しか》るに猶《な》お其《そ》の理《り》を得《え》ず。況《いわ》んや朕天下《ちんてんか》を有《たも》つの日浅《ひあさ》く、理《り》を為《な》すの意《い》を得《う》ること、固《もと》より未《いま》だ弓《ゆみ》に及《およ》ばず。弓《ゆみ》すら猶《な》お之《これ》を失《しっ》す。而《しか》るに況《いわ》んや理《り》に於《おい》てをや」。是《こ》れより京官五品以上《けいかんごひんいじょう》に詔《みことのり》し、更々中書内省《こもごもちゅうしょないしょう》に宿《しゅく》せしめ、毎《つね》に召見《しょうけん》して、皆坐《みなざ》を賜《たま》い、与《とも》に語《かた》りて外事《がいじ》を詢訪《じゅんぽう》し、務《つと》めて百姓《ひゃくせい》の利害《りがい》、政教《せいきょう》の得失《とくしつ》を知《し》る。

方一、用レ弓多矣。而猶不レ得二其理一。況朕有二天下一之日浅、得二為レ理之意一、固未レ及二於弓一。弓猶失レ之。而況於レ理乎」。自レ是詔二京官五品以上一、更宿二中書内省一、毎召見、皆賜レ坐、与語詢二訪外事一、務知二百姓利害、政教得失一焉。

▼どの分野にもプロと言われる人がいます。その人に聞いてみないと、素人では分からないことが実に多いものです。ここで太宗が弓矢の例を出します。王朝交代は、多くの場合、武力行使によって実現しますので、太宗も、いわば馬上に覇権《はけん》をとったのです。弓矢については一廉《ひとかど》の者だという自負があったのでしょう。ところが、弓のプロにたずねてみると、太宗が手に入れた十あまりの弓はすべて心材がまがっていて、良い弓では

ないというのです。太宗が偉いのは、ここで十分に自覚し、反省する点です。熟練していた弓についてさえ、実はよく分かっていなかった。政治についてはなおさらだというわけです。こうした謙虚な姿勢も明君の条件でしょう。

なお、最後に出てくる「五品以上」というのは、唐代の官職に関わる言葉です。中国では、古くから、人物や階級を九等で区分してきました。上の上から下の下までの九階級です。唐代でも、「正一品」の太師《たいし》、太傅《たいふ》、太保《たいほ》、司徒《しと》、司空《しくう》などの最上位官職からはじまり、「従一品」の太子太師、太子太傅、太子太保、「正二品」の尚書令《しょうしょれい》、「従二品」の尚書左右僕射《しょうしょさゆうぼくや》、太子少師、太子少傅、太子少保、「正三品」の侍中といった具合に細かく定められていたのです。ここでいう「五品」とは、たとえば、『貞観政要』でもたびたび登場する諫議大夫《かんぎたいふ》が「正五品上」となります。太宗は、これらの官吏と親密に関わり、内外の事情を知ろうと努めたのです。

後の人から笑われぬ王となる

貞観六年、太宗がおそばに仕える臣下たちに言われた。「私は聞いている。周《しゅう》も秦《しん》も、初め天下を得たことについては、それほどの事情の違いはない。しかし、周はただ善行につとめ、功績を積んで徳を重ねた。これが、八百年続く基礎を築いた理由である。一方、秦は欲望の限りを尽くし、刑罰を行うことを好み、たった二代で滅んでしまった、と。なんと、善をなす者は、その幸福を長く受けることができ、悪をなす者は、寿命が短いことか。私はまた聞いている。桀《けつ》・紂《ちゅう》は帝王である。匹夫《ひっぷ》（地位も身分もない卑しい者）を桀・紂のようだとたとえれば、言われた匹夫はそれを恥と思う。顔回《がんかい》・閔子騫《びんしけん》は匹夫である。帝王を顔・閔のようだとたとえれば、言われた帝王はそれを光栄に思う、と。これもまた帝王の深く恥とすべきことである。私は常にこのことをもって、自らの戒めとしている。また、常に「古代の聖賢に」遠く及ばず後世の人々の笑いとなるのではないかと恐れている」。

魏徴《ぎちょう》がお答えして言った。「私は聞いています。『魯《ろ》の哀公《あいこう》が孔子に言いました。「物忘れのひどい人がいた。転居したときにその妻を置き忘れた」と。孔子が言いました。「それよりももっとひどい物忘れをする人がいます。私が桀・紂の君を見るところ、彼らは自分自身を見失っていたのです」』。どうか陛下におかれましては、常にこれを心にとめていただければ、後世の人々から笑われるようなことはないでしょう」。

（君臣鑑戒）

貞観六年《じょうがんろくねん》、太宗《たいそう》 侍臣《じしん》に謂《い》いて曰《いわ》く、「朕聞《ちんき》く、周秦《しゅうしん》、初《はじ》め天下《てんか》を得《え》たるは、其《そ》の事異《ことこと》ならず。然《しか》れども周《しゅう》は則《すなわ》ち惟《た》だ善《ぜん》を是《こ》れ務《つと》め、功《こう》を積《つ》み徳《とく》を累《かさ》ぬ。能《よ》く八百《はっぴゃく》の基《もとい》を保《たも》つ所以《ゆえん》なり。秦《しん》は乃《すなわ》ち其《そ》の奢淫《しゃいん》を恣《ほしいまま》にし、好《この》んで刑罰《けいばつ》を行《おこな》い、二世《にせい》に過《す》ぎずして滅《ほろ》ぶ。豈《あ》に善《ぜん》

貞観六年、太宗謂二侍臣一曰、「朕聞、周秦、初得二天下一、其事不レ異。然周則惟善是務、積レ功累レ徳。所三以能保二八百之基一。秦乃恣二其奢淫一、好行二刑罰一、不レ過二二世一而滅。豈

を為《な》す者《もの》は、福祚延長《ふくそえんちょう》にして、悪《あく》を為《な》す者《もの》は、降年永《こうねんなが》からざるに非《あら》ずや。朕又聞《ちんまたき》く、桀紂《けっちゅう》は帝王《ていおう》なり。匹夫《ひっぷ》を以《もっ》て之《これ》に比《ひ》すれば、則《すなわ》ち以《もっ》て辱《じょく》と為《な》す。顔閔《がんびん》は匹夫《ひっぷ》なり。帝王《ていおう》を以《もっ》て之《これ》に比《ひ》すれば、則《すなわ》ち以《もっ》て栄《えい》と為《な》す。此《こ》れ亦《ま》た帝《てい》王《おう》の深恥《しんち》なり。朕毎《ちんつね》に此《こ》の事《こと》を将《もっ》て、以《もっ》て鑑《かん》戒《かい》と為《な》す。常《つね》に逮《およ》ばずして人《ひと》の笑《わら》う所《ところ》と為《な》るを恐《おそ》る」。

魏徴対《ぎちょうこた》えて曰《いわ》く、「臣聞《しんき》く、『魯《ろ》の哀公孔子《あいこうこうし》に謂《い》いて曰《いわ》く、「人好《ひとよ》く忘《わす》るる者有《ものあ》り。宅《たく》を移《うつ》して乃《すなわ》ち其《そ》の妻《つま》を忘《わす》る」。孔子曰《こうしいわ》く、「又好《またよ》く忘《わす》るること此《これ》より甚《はなはだ》しき者有《ものあ》り。丘《きゅう》、桀《けつ》紂《ちゅう》の君《きみ》を見《み》るに、乃《すなわ》ち其《そ》の身《み》を忘《わす》る」』。願《ねが》わ

非二為レ善者、福祚延長、為レ悪者、降年不レ永。朕又聞、桀紂帝王也。以二匹夫一比レ之、則以為レ辱。顔閔匹夫也。以二帝王一比レ之、則以為レ栄。此亦帝王深恥也。朕毎将二此事一、以為二鑑戒一。常恐三不レ逮為二人所一レ笑」。

魏徴対曰、「臣聞、『魯哀公謂二孔子一曰、「有二人好忘者一。移レ宅乃忘二其妻一」。孔子曰、「又有下好忘甚二於此一者上。丘見二桀紂之君一、乃忘二其身一」』。願

くは陛下《へいか》、毎《つね》に此《これ》を以《もっ》て慮《おもんぱかり》と為《な》せば、後人《こうじん》の笑《わら》いを免《まぬか》るるに庶《ちか》からんのみ」。

陛下、毎以レ此為レ慮、庶レ免二後人笑一爾」。

▼人間は歴史に学ぶ動物です。王にとって、最大の関心事は、長期政権を実現した王朝と短命で終わった王朝には、どのような違いがあったのかということでしょう。ここで例として出されているのは、まず周と秦。かたや八百年続いた王朝。一方わずか十五年で滅んだ帝国でした。その違いは結局、王自らが善行を積み、徳を重ねる努力をしたかどうかということです。また、桀・紂も歴史の反面教師です。夏《か》の桀王と殷《いん》の紂王。いずれも悪逆の王の代名詞となっています。

また、魏徴の答えの中に出てくる「物忘れのひどい人の話」は、『貞観政要』政体《せいたい》篇にも重複して見えるのですが、いずれも、もとは『孔子家語《こうしけご》』賢君《けんくん》篇や『説苑《ぜいえん》』敬慎《けいしん》篇に記される故事です。魏徴はこれにひっかけて、桀紂は自分のことさえ忘れた愚か者だとしているのです。

こうした「前轍《ぜんてつ》」に対する反省も『貞観政要』の大きなテーマです。この点については、本書の第五章「前轍を踏むな」にまとめました。

災害と人君の徳

貞観二年、関中《かんちゅう》地方が干ばつとなり、大飢饉となった。太宗がおそばに仕える臣下たちに言われた。「水害や干ばつが異常発生するのは、みな人君《じんくん》の不徳の致《いた》すところである。私の徳が修まっていないのであるから、天が私を責《せ》めるのは当然である。しかし人民は何の罪があって多くの者が困難な目にあっているのか。中には息子や娘を売り飛ばす者さえあると聞き、私は非常にそれを哀れに思う」。そこで、御史大夫《ぎょしたいふ》の杜淹《とえん》を派遣して巡回視察させ、官府の金銀財宝を拠出して[売られた子どもたちを]買い戻し、その両親に返させた。

（論仁惻）

貞観二年《じょうがんにねん》、関中旱し《かんちゅうひでり》、大《おお》いに饑《う》う。太宗《たいそう》侍《じ》臣《しん》に謂《い》いて曰《いわ》く、「水旱調《すいかんととの》わざるは、皆人君《みなじんくん》の徳《とく》を失《うしな》うが為《ため》なり。朕《ちん》の徳《とく》の修《おさ》まらざるは、

貞観二年、関中旱、大饑。太宗謂二侍臣一曰、「水旱不レ調、皆為二人君失レ徳。朕徳之不レ

天当《てんまさ》に朕《ちん》を責《せ》むべし。百姓何《ひゃくせいなん》の罪《つみ》ありて多《おお》く困窮《こんきゅう》に遭《あ》うや。男女《だんじょ》を鬻《ひさ》ぐ者有《ものあ》りと聞《き》き、朕《ちん》甚《はなは》だ焉《これ》を愍《あわれ》む」。乃《すなわ》ち御史《ぎょし》大夫《たいふ》杜《と》淹《えん》を遣《つか》わして巡検《じゅんけん》せしめ、御府《ぎょふ》の金宝《きんぽう》を出《いだ》して之《これ》を贖《あがな》い、其《そ》の父母《ふぼ》に還《かえ》さしむ。

修、天当レ責レ朕。百姓何罪而多遭二困窮一。聞レ有下鬻二男女一者上、朕甚愍レ焉」。乃遣二御史大夫杜淹一巡検、出二御府金宝一贖レ之、還二其父母一。

▼自然災害が多発する今日。災害を私たちはどのように受け止めているでしょうか。それは自然の現象なのであって、どうしようもない。あるいは、科学の力によって予知したり、災害を最小限にとどめることができると考えていませんか。

　しかし、古代の王は、そのようには考えませんでした。大規模な災害、たとえば、その年の収穫を台無しにしてしまうような大水害、大干ばつ。これらは、君主の不徳が招いたものだと信じられていました。だから、君主は、このような災害が起こらぬよう平素から身を慎み、また、仮に災害が発生したら、自己を反省して、深く祈りを捧げたのです。

迷信よりも哀れみの心

貞観七年、襄州《じょうしゅう》の都督《ととく》（長官）の張公謹《ちょうこうきん》が亡くなった。太宗はこれを聞いて嘆き悲しみ、宮殿を出て郊外に宿営し、喪《も》を発した。役人が奏上した。「陰陽《いんよう》の書に従いますと、こうあります、『辰《たつ》の日にあたるときは哭泣《こくきゅう》（人の死を泣き悲しむ礼を）してはならない』。これもまた世俗で忌《い》み嫌うところでございます」。太宗が言った。「君臣の義は、親子の関係と同じだ。感情は衷心《ちゅうしん》より起こる。どうして辰の日だからといって喪を避けようか」。ついに喪の礼を挙行した。（論仁惻）

貞観七年《じょうがんしちねん》、襄州《じょうしゅう》の都督張公謹卒《ととくちょうこうきんしゅつ》す。太宗聞《たいそうき》きて嗟悼《さとう》し、出《い》でて次《じ》し哀《あい》を発《はっ》す。有司《ゆうし》奏言《そうげん》す。「陰陽《いんよう》の書《しょ》に準《じゅん》ずるに云《い》う、『日子《にっし》辰《しん》に在《あ》るときは哭泣《こくきゅう》すべからず』。此《こ》れ亦《ま》た流俗《りゅうぞく》の忌《い》む

貞観七年、襄州都督張公謹卒。太宗聞而嗟悼、出次発レ哀。有司奏言、「準ニ陰陽書ニ云、『日子在レ辰不レ可ニ哭泣ニ』。此

所《ところ》なり」。太宗《たいそう》曰《いわ》く、「君臣《くんしん》の義《ぎ》は、父子《ふし》に同《おな》じ。情《じょう》、衷《ちゅう》より発《はつ》す。安《いず》くんぞ辰日《しんじつ》を避《さ》けんや」。遂《つい》に之《これ》を哭《こく》す。

亦流俗所レ忌」。太宗曰、「君臣之義、同二於父子一。情発二於衷一。安避二辰日一」。遂哭レ之。

▽諸子百家の時代、さまざまな思想家が活躍し、後にそれらは、六つの「家《か》」（グループ）にまとめられました。最も有名なのは儒家《じゅか》と墨家《ぼっか》でしょうか。しかし実は、司馬遷の『史記』では、諸子百家の筆頭に「陰陽家《いんようか》」があげられています。陰陽五行説によって世界の循環法則を説いた鄒衍《すうえん》（戦国時代後半頃）がその代表でしょう。今から見れば迷信なのでしょうが、当時の人々にとっては、頼りがいのある科学でした。その中の一つに日時に関する吉凶の考えがありました。当時は、十干《じっかん》と十二支《じゅうにし》を組み合わせて、年月日を表示していたのですが、その「辰」の付く日は、喪の礼をしてはならないとされていたようです。今で言えば、大安吉日に葬式を出したり、逆に、仏滅の日に結婚式や引っ越しをするということでしょう。

こうしたことに敏感な役人が、今日は「辰」の日ですから、喪を発してはなりませんと奏上したのです。ところが太宗は、合理主義者でした。いや、単なる合理的発想というのではなく、心情を大切にする人だったのです。君主たる者、世間の俗信にふりまわされてはなりません。なによりもまず、部下を哀悼する気持ちが優先されるべきなのです。

二、創業か守成か

『貞観政要』冒頭の君道《くんどう》篇と次の政体《せいたい》篇で、集中的に論じられるのは、創業《そうぎょう》か守成《しゅせい》かという大問題です。そもそも、ものごとを起こすこと、何かを新たに始めることには、大変なエネルギーが必要となります。なにもないところから大きな一歩を踏み出すのですから、それは当然です。ただ、それ以上に難しいのは、そのできあがった成果を維持して行くことではないでしょうか。長い中国の歴史を振り返っても、時の勢いで天下を制した人は数多くいます。しかし、それを何十年、何百年と持続させた王朝は、そう多くはありません。

これは、中国の歴代王朝に限らず、現代社会のあるゆる組織についても言えるでしょう。創業者の苦労ももちろん大切です。しかし、その努力によってできあがった会社や制度や資産を、二代目・三代目が継承し、さらに発展させていくのは容易なことではありません。むしろ、二代目、三代目が家運を傾かせ没落させる、とはよく耳にすることです。

創業と守成はどちらが難しいか

貞観十年、太宗がおそばに仕える臣下たちに言われた。「帝王の事業としては、ものごとを始めること（草創《そうそう》）とできあがったものを守り続けること（守成《しゅせい》）とでは、どちらが難しいであろうか」。

尚書左僕射《しょうしょさぼくや》の房玄齢《ぼうげんれい》がお答えして言った。「ものごとが始まったばかりの頃には、群雄が競い起こってくる。それらを攻め破って降参させ、戦いに勝利してようやく平定となります。ここから考えますに、草創こそが難しいと思います」。

魏徴《ぎちょう》がお答えして言った。「新たな帝王が起こるときは、必ず衰退混乱の後を受け、あの愚かで狡猾《こうかつ》なものどもを転覆させ、人民が［新たな王を］推戴《すいたい》することを楽しみ、天下中がその運命に従います。つまり天が授け人が与えたのです。だから難しいとも思いません。しかしながら、一旦天下を得た後は、気持ちがおごり、しまりがなくなります。人民が安静な生活を願っているのに、労役はやむことがなく、人民が疲れ果てているのに、王の贅沢《ぜいたく》ぶりはやむことがありません。国が衰え廃《すた》れていくのは、常にここから起こるのです。これによって申し上げますと、守成こそが難しいのです」。

　太宗が言われた。「房玄齢は昔、私に従って、天下を平定し、つぶさに艱難辛《かんなんしん》苦《く》を体験し、九死に一生を得るような目にあった。草創を難しいとするのはそのためだ。魏徴は私とともに天下を安定させ、わがままで気ままにするような兆しが生ずれば、必ず国家が危機に陥り滅亡するであろうことを心配している。守成を難しいとするのはそのためだ。しかし今、草創の困難という時期はすでに去った。守成の困難について、みなとともに慎むことを思わなければならない」。（君道）

貞観十年《じょうがんじゅうねん》、太宗《たいそう》侍臣《じしん》に謂《い》いて曰《いわ》く、「帝王《ていおう》の業《ぎょう》、草創《そうそう》と守成《しゅせい》と孰《いず》れか難《かた》き」。
尚書左僕射《しょうしょさぼくや》房玄齢《ぼうげんれい》対《こた》えて曰《いわ》く、「天地《てんち》草昧《そうまい》

貞観十年、太宗謂二侍臣一曰、
「帝王之業、草創与二守成一孰
難」。

にして、群雄競《ぐんゆうきそ》い起《お》こる。攻《せ》め破《やぶ》りて乃《すなわ》ち降《くだ》し、戦《たたか》い勝《か》ちて乃《すなわ》ち尅《か》つ。此《これ》に由《よ》りて之《これ》を言《い》えば、草創《そうそう》を難《かた》きと為《な》す」。

魏徴対《ぎちょうこた》えて曰《いわ》く、「帝王《ていおう》の起《お》こるや、必《かなら》ず衰乱《すいらん》を承《う》け、彼《か》の昏狡《こんこう》を覆《くつがえ》し、百姓《ひゃくせい》推《お》すを楽《たの》しみ、四海命《しかいめい》に帰《き》す。天授《てんさず》け人与《ひとあた》う。乃《すなわ》ち難《かた》しと為《な》さず。然《しか》れども既《すで》に得《え》たるの後《のち》は、志《し》趣驕逸《ゅきょういつ》す。百姓静《ひゃくせいしず》かならんと欲《ほっ》すれども、徭《よう》役休《えきや》まず。百姓凋残《ひゃくせいちょうざん》すれども、侈務《しむ》息《や》まず。国《くに》の衰弊《すいへい》は、恒《つね》に此《これ》に由《よ》りて起《お》こる。斯《これ》を以《もっ》てして言《い》えば、守成《しゅせい》は則《すなわ》ち難《かた》し」。

太宗曰《たいそういわ》く、「玄齢《げんれい》は昔《むかし》、我《われ》に従《したが》いて天下《てんか》を定《さだ》め、備《つぶ》さに艱苦《かんく》を嘗《な》め、万死《ばんし》を出《い》でて一生《いっせい》

尚書左僕射房玄齢対曰、「天地草昧、群雄競起。攻破乃降、戦勝乃尅。由㆑此言㆑之、草創為㆑難」。

魏徴対曰、「帝王之起、必承㆓衰乱㆒、覆㆓彼昏狡㆒、百姓楽㆑推、四海帰㆑命。天授人与、乃不㆑為㆑難。然既得之後、志趣驕逸。百姓欲㆑静、而徭役不㆑休。百姓凋残、而侈務不㆑息。国之衰弊、恒由㆑此起。以㆑斯而言、守成則難」。

太宗曰、「玄齢昔従㆑我定㆓

に遇《あ》う。草創《そうそう》の難《かた》きを見《み》る所以《ゆえん》なり。魏徴《ぎちょう》は我《われ》と与《とも》に天下《てんか》を安《やす》んじ、驕逸《きょういつ》の端《たん》を生《しょう》ずれば必《かなら》ず危亡《きぼう》の地《ち》を践《ふ》まんことを慮《おもんぱか》る。守成《しゅせい》の難《かた》きを見《み》る所以《ゆえん》なり。今《いま》、草創《そうそう》の難《かた》きは既已《すで》に往《ゆ》けり。守成《しゅせい》の難《かた》きは、当《まさ》に公等《こうら》と之《これ》を慎《つつし》まんことを思《おも》うべし」。

房玄齢（『歴代古人像賛』）

天下㆒、備嘗㆓艱苦㆒、出㆓万死㆒而遇㆓一生㆒。所㆔以見㆓草創之難㆒也。魏徴与㆑我安㆓天下㆒、慮㆘生㆓驕逸之端㆒必践㆗危亡之地㆖。所㆔以見㆓守成之難㆒也。今草創之難既已往矣。守成之難者、当㆑思㆘与㆓公等㆒慎㆖㆑之」。

▽創業と守成、どちらが困難か、という太宗の問いに対して、二人の臣下が違った答えを述べています。房玄齢は草創が難しいとし、魏徴は守成こそが難しいと答えるのです。太宗は、その二人の発言に十分な理解を示しながらも、今はすでに創業から守成へと時期は移ったのだから、守成につ

いて、より慎んでいこうと言うのです。

こうした違った答えが出てくる理由についても、太宗は説明しています。房玄齢は、創業時に苦労して武功をあげた臣下だからこそ、草創の難しさを言うのだと。また魏徴は、天下平定の後、その安定に尽くした文臣で、わずかなほころびが国の衰退につながることをよく知っているから、守成の難しさを言うのだと。ここには太宗の度量と知性を見るべきでしょう。創業と守成、どちらも大事で困難だということをよく理解していたのです。だからこそ、「貞観の治」という太平の世を実現できたのでしょう。

終わりを全うする

貞観十一年、特進《とくしん》の魏徴《ぎちょう》が上疏《じょうそ》（太宗に意見書を奉ること）して言った。「私は、古《いにしえ》からの天命と暦数《れきすう》を受けて天子となった者や、先代の位と文化を継承した者が、英雄豪傑をうまく制御し、天子の位について下々の者に臨んだのを見るにつけ、みな王の厚い徳を天地に配し、高く明らかな知恵を太陽や月にも等しくし、本家と分家ともに子孫が繁栄し、天子の位が永遠に伝わるのを願ってやみません。しかしながら、実際に終わりを全うした者は少なく、国家の滅亡が相次いでおります。その理由はなんでありましょうか。［国家の長久を］願う方法、それが間違っているからに他なりません。殷鑑遠《いんかんとお》からず（戒めとなる手本はすぐそばにあり）、ここにそれを述べることができます。（君道）

貞観十一年《じょうがんじゅういちねん》、特進魏徴上疏《とくしんぎちょうじょうそ》して曰《いわ》く、「臣《しん》古《いにしえ》より図《と》を受《う》け運《うん》に膺《あた》り、体《たい》を継《つ》ぎて文《ぶん》を守《まも》り、英傑《えいけつ》を控御《こうぎょ》し、南面《なんめん》して下《しも》に臨《のぞ》むを観《み》るに、皆厚徳《みなこうとく》を天地《てんち》に配《はい》し、高明《こうめい》を日月《じつげつ》に斉《ひと》しくし、本支百世《ほんしひゃくせい》、祚《そ》を無窮《むきゅう》に伝《つた》えんと欲《ほっ》す。然《しか》れども終《お》わりを克《よ》くする者鮮《ものすくな》く、敗亡相継《はいぼうあいつ》ぐ。其《そ》の故何《ゆえなん》ぞや。之《これ》を求《もと》むる所以《ゆえん》、其《そ》の道《みち》

貞観十一年、特進魏徴上疏曰、「臣観下自レ古受レ図膺レ運、継レ体守レ文、控二御英傑一、南面臨レ下、皆欲下配二厚徳於天地一、斉二高明於日月一、本支百世、伝中祚無窮上。然而克レ終者鮮、敗亡相継。其故何哉。所二以求レ

——を失《うしな》えばなり。殷鑑《いんかん》遠《とお》からず、得《え》て言《い》うべし」。

之、失二其道一也。殷鑑不レ遠、可二得而言一」。

▼「特進」とは、古く漢代に由来する官名です。諸侯のうちで特に功労のあったものに賜ったもので、位は三公（臣下の最高位）に次ぎます。唐でも、この制度を採用し、魏徴はその功によって「特進」に昇進していました。

その魏徴の言葉は、きわめて重いものでした。国家の永続を願わない君主はいないでしょう。しかし実際には、長期政権を保つことができず、短命で終わる国家が多いのです。ひとときの勢いで政権を奪取しても、それを存続させ、終わりを全うすることは本当に難しいのです。魏徴の念頭にあったのは、直前の隋でしょうか。「殷鑑《いんかん》遠《とお》からず」とは、『詩経』大雅《たいが》・蕩《とう》篇の言葉。もともとは、殷《いん》王朝の人々によって戒めとされるべき手本が、はるか遠くにあるのではなく、直前の夏《か》王朝にあるという意味です。桀王《けつおう》の暴政によって夏が滅んだことを殷は戒めとしなければならないということです。ここに隋と唐の関係が重なって見えます。

天下を守り続ける難しさ

貞観十五年、太宗がおそばに仕える臣下たちに言われた。「天下を守ることは難しいかそれとも易《やさ》しいか」。侍中《じちゅう》の魏徴《ぎちょう》がお答えして言った。「大変に困難です」。太宗が言われた。「賢人や能力ある者を任用し、諫諍《かんそう》を聞き入れれば良いのではないか。どうして困難ということがあろうか」。魏徴は言った。「古《いにしえ》よりの帝王の行状《ぎょうじょう》を見てみますに、憂いや危険のあるときには、賢者を任用し、諫《いさ》めも聞き入れます。しかし、安楽な状態になると、必ず気持ちが緩《ゆる》んで怠慢《たいまん》の心を懐《いだ》きます。［諫諍を受け付けなくなり］奏上しようとする者を、ただおびえさせることになります。こうして日に日に衰え、ついに国家の危亡に至るのです。聖人が安楽な状態にいながら危難のときを思うのは、まさにこのためです。安らかなときにこそ恐れなければなりません。どうして困難でないと言えましょうか」。

（君道）

貞観十五年《じょうがんじゅうごねん》、太宗《たいそう》侍臣《じしん》に謂《い》いて曰《いわ》く、「天《てん》下《か》を守《まも》るは難《かた》きや易《やす》きや」。侍中魏徴対《じちゅうぎちょうこた》えて曰《いわ》く、「甚《はなは》だ難《かた》し」。太宗曰《たいそういわ》く、「賢能《けんのう》に任《にん》じ諫諍《かんそう》を受《う》くれば即《すなわ》ち可《か》ならん。何《なん》ぞ難《かた》しと為《な》すと謂《い》わん」。徴曰《ちょういわ》く、「古《いにしえ》よりの帝王《ていおう》を観《み》るに、憂危《ゆうき》の間《かん》に在《あ》れば、則《すなわ》ち賢《けん》に任《にん》じ諫《いさめ》を受《う》く。安楽《あんらく》に至《いた》るに及《およ》べば、必《かなら》ず寛怠《かんたい》を懐《いだ》く。事《こと》を言《い》う者《もの》、惟《た》だ兢懼《きょうく》せしむ。日《ひ》に陵《りょう》し月《つき》に替《たい》し、以《もっ》て危亡《きぼう》に至《いた》る。聖人《せいじん》の安《やす》きに居《お》りて危《あやう》きを思《おも》う所以《ゆえん》は、正《まさ》に此《これ》が為《ため》なり。安《やす》くして能《よ》く懼《おそ》る。豈《あ》に難《かた》しと為《な》さざらんか」。

貞観十五年、太宗謂二侍臣一曰、「守二天下一難易」。侍中魏徴対曰、「甚難」。太宗曰、「任二賢能一受二諫諍一即可。何謂レ為レ難」。徴曰、「観二自レ古帝王一、在二於憂危之間一、則任レ賢受レ諫。及レ至二安楽一、必懐二寛怠一。言レ事者、惟令二兢懼一。日陵月替、以至二危亡一。聖人所三以居レ安思レ危、正為レ此也。安而能懼。豈不レ為レ難」。

▽権力の座に着くと、少なからず人は変化してしまうようです。それまで、新鮮な気持

ちで仕事に邁進《まいしん》し、周囲の意見もよく聞き入れていた人が、突然、聞く耳を持たなくなるのです。権威を振りかざし、他人を見下すようにもなります。

ここで魏徴が進言するのは、天下を守り続けることこそが困難だということです。なぜなら慢心《まんしん》が生じ、諫諍《かんそう》を受け付けなくなるからです。すると周囲の人々も、どうせ言っても聞いてもらえない、下手《へた》に発言すると首が飛ぶ、と諫諍を自粛するようになってしまいます。こうなると、君主は孤立し、体制は日々衰退していくことでしょう。創業か守成か、という本章のテーマに即して言えば、この条は、守成の困難さを説いていることになります。

国の統治は病の治療のように

貞観五年、太宗がおそばに仕える臣下たちに言われた。「国を治めるのと病気を治療するのとには、何の違いもない。病気は、人が治ったかなと思ったときこそ、ますます体を大切にしなければならない。もしも医者から禁止されていることを破るようなことがあれば、必ず命を落とすことになろう。国を治めるのも同じである。天下がやや安定しているときこそ、最も恐れ慎まなければならない。もし気持ちがおごり心が緩めば、必ず滅亡に至るだろう。今、天下の安危は、私にかかっている。だから、毎日、その日を慎み、人から立派だと褒められても、決して立派だとは思わない。しかしながら、私の耳や目、手足は、すべてあなた方を頼りにしている。すでに義としては、「私とあなた方は」一体同然なのだ。力を合わせ心を同じくしなければならない。不安に思うことがあれば、極言《きょくげん》（思う存分述べる）して隠すことがないように。もし君主と臣下がたがいに疑って、腹を割って十分に話すことができないようであれば、それこそ国の大害なのだ」。

（政体）

貞観五年《じょうがんごねん》、太宗《たいそう》侍臣《じしん》に謂《い》いて曰《いわ》く、「国《くに》を治《おさ》むると病《やまい》を養《やしな》うとは異《こと》なること無《な》きなり。病《やまい》

貞観五年、太宗謂㆓侍臣㆒曰、「治レ国与レ養レ病無レ異也。病

は人《ひと》愈《い》ゆるを覚《おぼ》ゆれば、弥々《いよいよ》須《すべか》く将護《しょうご》すべし。若《も》し触犯《しょくはん》有《あ》らば、必《かなら》ず命《いのち》を殞《おと》すに至《いた》らん。国《くに》を治《おさ》むるも亦《ま》た然《しか》り。天下《てんか》稍安《ややや》す ければ、尤《もっと》も須《すべから》く兢慎《きょうしん》すべし。若《も》し便《すなわ》ち驕逸《きょういつ》すれば、必《かなら》ず喪敗《そうはい》に至《いた》らん。今《いま》、天下《てんか》の安危《あんき》、之《これ》を朕《ちん》に繋《つな》ぐ。故《ゆえ》に日《ひ》に一日《いちにち》を慎《つつし》み、休《よ》しとすと雖《いえど》も休《よ》しとすること勿《な》し。然《しか》れども耳目股肱《じもくここう》は、卿《けい》の輩《はい》に寄《よ》す。既《すで》に義《ぎ》一体《いったい》に均《ひと》し。宜《よろ》しく力《ちから》を協《あわ》せ心《こころ》を同《おな》じくすべし。事安《ことやす》からざる有《あ》らば、極言《きょくげん》して隠《かく》すこと無《な》かるべし。儻《も》し君臣《くんしん》相疑《あいうたが》い、備《つぶさ》に肝膈《かんかく》を尽《つ》くす能《あた》わずんば、実《じつ》に国《くに》の大害為《たいがいた》るなり」。

人覚レ愈、弥須ニ将護一。若有ニ触犯一、必至レ殞レ命。治レ国亦然。天下稍安、尤須ニ兢慎一。若便驕逸、必至ニ喪敗一。今、天下安危、繋ニ之於朕一。故日慎ニ一日一、雖レ休勿レ休。然耳目股肱、寄ニ於卿輩一。既義均ニ一体一。宜ニ協レ力同レ心。事有レ不レ安、可ニ極言無レ隠。儻君臣相疑、不レ能ニ備尽ニ肝膈一、実為ニ国之大害一也」。

▼国家の統治と病気の治療。一見関係がないようです。しかし、太宗は、ここに重大な共通点を見いだします。それは、やや安定したかなと思う頃が、実は最も危ないということです。病が重いときには、だれも、医者の言うことをよく聞き、体をいたわります。ところが、快方に向かったかなと思った頃、油断が生ずるのです。お酒の一杯くらい、たばこの一本くらいはいいだろうと、自分で禁を破ってしまうのです。そうすると、せっかくの治療も台無しです。国の統治もこれと同じだと太宗は喝破したのです。

そして、そうならぬよう、自分（太宗）と臣下たちは一心同体となり、自分に向かって忌憚《きたん》のない意見を述べてほしいと言っています。守成の困難さを理解した上での見事な提言です。

三、諫める臣下、聞き入れる君主

『貞観政要』のもう一つの重要なテーマ。それが「諫諍《かんそう》」です。目上の人に対し、たとえ言い争うことになっても、その不正をただそうとすることです。古くは、『論語』にも、孔子の弟子の子夏《しか》の言葉としてこうあります。「信《しん》ぜられて而《しか》る後《のち》に諫《いさ》む。未《いま》だ信ぜられざれば、則《すなわ》ち以《もっ》て己《おのれ》を謗《そし》ると為《な》す」（子張《しちょう》篇）。君臣の間に十分な信頼関係ができてから諫める。まだ信頼関係ができていないうちに諫めると、単に誹謗中傷《ひぼうちゅうしょう》していると思われる、という意味です。諫諍の大切さと難しさが、すでに『論語』にも記されているのです。

この諫諍には、いろいろと種類があって、たとえば、それとなく諫めるのを「幾諫《きかん》」と言います。『論語』にも、「父母《ふぼ》に事《つか》えては幾諫す」（里仁《りじん》篇）とあります。ただこれは、親子の間の穏やかな諫め方。君臣の間となれば、諫め方はより強くなります。枠にはめるようにきつく諫めるのを「規諫《きかん》」、心をこめて強く諫めるのを「切諫《せつかん》」、泣いて諫めるのを「泣諫《きゅうかん》」、相手の思いにさからって強く諫めるのを「直諫《ちょっかん》」または「強諫《きょうかん》」、もうこれ以上ないというぎりぎりまで諫めるのを「極諫《きょっかん》」、死んで主君を諫めることを「死諫《しかん》」、などと言います。

そして、この諫諍は、官僚制度の中にも取り入れられました。天子の過ちや不正をただす官職が置かれたのです。それを秦漢時代に「諫大夫《かんたいふ》」と言い、後漢時代以降は「諫《かん》議《ぎ》大夫《たいふ》」と言いました。唐代でも、この諫諍の大切さが十分に理解され、太宗と臣下たちの問答でしばしば取り上げられているのです。

諫諍の大切さ

貞観三年、太宗がおそばに仕える臣下たちに言われた。「中書省《ちゅうしょしょう》・門下省《もんかしょう》は国家政務の中心となる役所である。才能ある者を抜擢《ばってき》して配置し、その任務は実に重いのである。もし詔勅《しょうちょく》（天子の命令）に不適当なものがあれば、みな必ず十分に意見を主張しなければならない。このごろ、ただ天子の命におもねり、天子の感情に従う傾向があるように思う。言われるままに文書を通過させ、とうとう一言の諫諍《かんそう》をする者さえいない。どうしてこれが道理と言えようか。もし、ただ詔勅に署名し、文書を回すだけならば、誰にでもできるであろう。どうしてわざわざ優秀な人を選び重要な任務を与えるというような煩《わずら》わしいことをする必要があろうか。今後、もし詔勅に不適当なところがあるのではと疑問があれば、必ず意見を主張しなさい。むやみに恐れ慎んで黙ったままでいてはならない」。（政体）

貞観三年《じょうがんさんねん》、太宗《たいそう》侍臣《じしん》に謂《い》いて曰《いわ》く、「中書《ちゅうしょ》・門下《もんか》は、機要《きよう》の司《つかさ》。才《さい》を擢《ぬき》んでて居《お》らしめ、委任《いにん》実に重《おも》し。詔勅《しょうちょく》如し穏便《おんびん》ならざる有《あ》れば、皆須《みなすべか》らく執論《しつろん》すべし。比来《このごろ》、惟《た》だ旨《むね》に阿《おもね》り情《じょう》に順《したが》うを覚《おぼ》ゆ。唯唯《いい》として苟過《こうか》し、遂《つい》に一言《いちげん》の諫諍《かんそう》する者《もの》無《な》し。豈《あ》に是《こ》れ道理《どうり》ならんや。

貞観三年、太宗謂二侍臣一曰、「中書・門下、機要之司。擢レ才而居、委任実重。詔勅如有レ不二穏便一、皆須二執論一。比来、惟覚二阿レ旨順レ情。唯唯苟過、遂無二一言諫諍者一。豈是道理。

若《も》し惟《た》だ詔勅《しょうちょく》に署《しょ》し、文書《ぶんしょ》を行《おこな》うのみならば、人誰《ひとたれ》か堪《た》えざらんや。何《なん》ぞ簡択《かんたく》して以《もっ》て相委《あいい》付《ふ》するを煩《わずら》わさんや。今《いま》より詔勅《しょうちょく》に穏便《おんびん》ならざる有《あ》るを疑《うたが》わば、必《かなら》ず須《すべから》く執言《しつげん》すべし。妄《みだり》に畏《い》懼《く》すること有《あ》り、知《し》りて寝黙《しんもく》するを得《う》ること無《な》かれ」。

若惟署㆓詔勅㆒行㆓文書㆒而已、人誰不㆑堪。何煩㆓簡択以相委付㆒。自㆑今詔勅疑㆑有㆑不㆓穏便㆒、必須㆓執言㆒。無㆑得㆘妄有㆓畏懼㆒知而寝黙㆖」。

▼他のテキストでは、この直後に、「房玄齢等叩頭出血」の八字を加えるものがあります。臣下の房玄齢《ぼうげんれい》らは恐れ入って頭を床に打ち付け血を流した、という意味です。主君におもねって、諫諍する者がいないではないか、という太宗の怒りに、思わず「叩頭《こうとう》」したということでしょう。

なお、冒頭に出てくる「中書」「門下」は中央政府の役所の名。これに「尚書《しょうしょ》」を加えた三つが唐の中央官制の柱で、「三省《さんしょう》」と呼ばれました。次のようになります。

・中書省……天子の機密・民政などを司《つかさど》り、詔勅《しょうちょく》を起草する。
・門下省……官吏から奏上される文章を皇帝に取り次ぎ、中書省で起草された詔勅の審査を司り、天子を諫めるのが主任務。詔勅を不適切として拒否する権利を有する。これを「封駁《ふうばく》」という。
・尚書省……門下省で裁可された政令を実行する行政官庁。吏（百官の人事を司る）・礼（儀礼を司る）・兵（国防担当）・刑（司法を司る）・戸（財政担当）・工（土木工事などを司る）の六部を統轄。

中でも、中書省と門下省は、天子の発言や詔勅と密接に関わります。そこで太宗は、この二つの省を名指しして、率直に意見を言うようにと指示したわけです。

君臣の道

貞観六年、太宗がおそばに仕える臣下たちに言われた。「昔の人が言っている。

『危うい のに手をさしのべず、倒れそうになっているのに支えないのであれば、どうしてそのような補佐役を用いる必要があろうか』。君臣の義として、忠誠を尽くして、悪を正し救わないということがあってよかろうか。私はかつて書を読み、［夏《か》の］桀《けつ》が［諫諍した臣下の］関龍逢《かんりようほう》を殺し、漢［の景帝《けいてい》］が［忠臣の］鼂錯《ちょうそ》を誅殺《ちゅうさつ》したのを見て、読書を中止し嘆息しないことはなかった。公らは、ひたすら正しい主張で忌憚《きたん》なく諫諍し、政治教化に役立つようにせよ。強く諫諍して私の意に背《そむ》いたからといって、みだりに責めて処罰したりはしないから」。

（政体）

貞観六年《じょうがんろくねん》、太宗《たいそう》侍臣《じしん》に謂《い》いて曰《いわ》く、「古人云《こじんい》う、『危《あやう》くして持《も》たず、顚《たお》るるも扶《たす》けずんば、焉《いず》くんぞ彼《か》の相《しょう》を用《もち》いん』。君臣《くんしん》の義《ぎ》、忠《ちゅう》を尽《つ》くして匡救《きょうきゅう》せざるを得《え》んや。朕嘗《ちんかつ》て書《しょ》を読《よ》み、

貞観六年、太宗謂二侍臣一曰、「古人云、『危而不レ持、顚而不レ扶、焉用二彼相一』。君臣之義、得レ不下尽レ忠匡救上乎。朕

桀《けつ》の関龍逢《かんりようほう》を殺《ころ》し、漢《かん》の鼂錯《ちようそ》を誅《ちゆう》するを見《み》、未《いま》だ嘗《かつ》て書《しよ》を廃《はい》して歎息《たんそく》せずんばあらず。公《こう》等《ら》、但《た》だ能《よ》く正詞直諫《せいしちよくかん》し、政教《せいきよう》を裨益《ひえき》せよ。終《つい》に顔《かお》を犯《おか》し旨《むね》に忤《さから》うを以《もつ》て、妄《みだり》に誅責《ちゆうせき》すること有《あ》らず」。

嘗読レ書、見下桀殺二関龍逢一、漢誅中鼂錯上、未三嘗不二廃レ書歎息一。公等、但能正詞直諫、裨二益政教一。終不下以二犯レ顔忤レ旨、妄有中誅責上」。

▼太宗が引用する「古人」の言とは、実は、『論語』季氏《きし》篇に見える孔子の言葉です。春秋時代、孔子の弟子の冉有《ぜんゆう》と子路《しろ》は、魯《ろ》の家老の季氏《きし》に仕えていました。その季氏が魯の属国に侵攻しようとしたとき、その非を正さず手をこまねいていた冉有と子路を、孔子が批判したのです。国家や君主の危機を救い、非を正すのが、家臣の役目ではないか、というのです。

さらに太宗は、歴史書をひもとき、夏の暴君桀《けつ》王が関龍逢《かんりようほう》を殺したこと、前漢の景帝《けいてい》が鼂錯《ちようそ》を誅殺したことを指摘します。ここで、関龍逢と鼂錯の名があがっているのは偶然ではありません。この二人には共通点があります。それは、国家のことを思い、主君を諫め、不正を指摘したということです。確かに、諫められた主君の側は気持ちの良いものではありません。しかし、そこをぐっとこらえて、臣下の言葉に耳を傾ける度量がなくてはなりません。もし君主が、諫諍されたことに腹を立て、その臣下を殺すようなことがあれば、もう誰も君主に進言しなくなるでしょう。そこで太宗は、こうした悲劇を繰り返してはならないと自覚し、決して処罰したりはしないから、思う存分、諫諍してくれと言うのです。

忌憚《きたん》なく諫諍する臣下、それを広い心で受け止める君主。これこそ、あるべき君臣の道と言えましょう。

明君と忠臣は魚と水

貞観元年、太宗がおそばに仕える臣下たちに言われた。「正しい君主が邪悪な臣下を任用すれば、道理を実現することはできない。また、正しい臣下が邪悪な君主にお仕えするときにも、道理を実現することはできない。ただ君主と臣下が出会うこと、あたかも魚と水のようであれば、世界は安定するであろう。私は、愚か者ではあるが、幸いにも諸公がしばしば私を正し救ってくれる。どうか、忌憚のない意見と強い議論によって、天下に太平を実現しようではないか」。（求諫）

貞観元年《じょうがんがんねん》、太宗《たいそう》侍臣《じしん》に謂《い》いて曰《いわ》く、「正主《せいしゅ》、邪臣《じゃしん》に任《にん》ずれば、理《り》を致《いた》す能《あた》わず。正臣《せいしん》、邪《じゃ》主《しゅ》に事《つか》うれば、亦《ま》た理《り》を致《いた》す能《あた》わず。惟《た》だ君《くん》臣相遇《しんあいあ》うこと、魚水《ぎょすい》に同《おな》じきもの有《あ》れば、則《すなわ》ち海内安《かいだいやす》かるべし。朕《ちん》、不明《ふめい》なりと雖《いえど》も、幸《さいわ》いに諸公数々相匡救《しょこうしばしばあいきょうきゅう》す。冀《ねがわ》くは直言鯁議《ちょくげんこうぎ》に憑《よ》りて、天下《てんか》を太平《たいへい》に致《いた》さん」。

貞観元年、太宗謂二侍臣一曰、
「正主任二邪臣一、不レ能レ致レ理。
正臣事二邪主一、亦不レ能レ致レ理。
惟君臣相遇、有レ同二魚水一、則
海内可レ安。朕雖二不明一、幸諸
公数相匡救。冀憑二直言鯁議一、
致二天下於太平一」。

▽君臣の関係を、魚と水にたとえています。魚は水がなければ生きていけません。一心同体と言っても良いでしょう。太宗は、謙遜して、自分は「不明」（愚か者）ではある

が、幸いにも、お前たちが救ってくれると言っています。その「救う」の具体的内容が、諫諍《かんそう》に他なりません。

なお、これに続くのが、次の節の王珪《おうけい》の言です。それを見ていきましょう。

諫諍を納れる

諫議大夫《かんぎたいふ》の王珪《おうけい》がお答えして言った。「私は聞いております。『木は、墨縄《すみなわ》に従って切ればまっすぐになり、君主は諫諍に従えば聖人になる』。だから昔のすぐれた君主には、必ず諫諍をする臣下が七人いました。諫諍してその言葉が用いられなければ、死をもって諫めたのです。陛下は、すぐれた知恵を開いて、芻蕘《すうじょう》（卑しい者）の言葉を受け入れて下さいます。私は、不諱《ふき》の朝《ちょう》（遠慮せずに直言できる官）についております。でたらめな意見ではございますが、心から全力を尽くそうと思います」。太宗はよろしいと賞賛し、詔勅《しょうちょく》を発して、これ以降、宰相が宮中に入り、国家の政策について検討する時は、必ず諫官《かんかん》も帯同《たいどう》させ、政事に関

与させ、意見を述べることができるようにした。（求諫）

諫議《かんぎ》大夫《たいふ》王珪《おうけい》対《こた》えて曰《いわ》く、「臣《しん》聞《き》く、『木《き》、縄《じょう》に従《したが》えば則《すなわ》ち正《ただ》しく、后《きみ》、諫《かん》に従《したが》えば則《すなわ》ち聖《せい》なり』。故《ゆえ》に古者《いにしえ》の聖主《せいしゅ》には、必《かなら》ず争臣七人《そうしんしちにん》有《あ》り。言《い》いて用《もち》いられざれば、則《すなわ》ち相継《あいつ》ぐに死《し》を以《もっ》てす。陛下《へいか》、聖慮《せいりょ》を開《ひら》き、芻蕘《すうじょう》を納《い》る。愚臣《ぐしん》、不諱《ふき》の朝《ちょう》に処《お》る。実《じつ》に其《そ》の狂瞽《きょうこ》を罄《つく》さんことを願《ねが》う」。太宗《たいそう》善《よ》しと称《しょう》し、詔《みことのり》して是《これ》より宰相内《さいしょうない》に入《い》りて、国計《こっけい》を平章《へいしょう》するときは、必《かなら》ず諫官《かんかん》をして随《したが》い入《い》りて、政事《せいじ》を預《あずか》り聞《き》かしめ、関説《かんせつ》する所有《ところあ》らしむ。

諫議大夫王珪対曰、「臣聞、『木従レ縄則正、后従レ諫則聖』。故古者聖主、必有二争臣七人一。言而不レ用、則相継以レ死。陛下開二聖慮一、納二芻蕘一。愚臣処二不諱之朝一。実願レ罄二其狂瞽一」。太宗称レ善、詔令下自レ是宰相入レ内、平二章国計一、必使三諫官随入、預二聞政事一、有上レ所二関説一。

▼諫議大夫とは、天子の不正や政治の誤りを正す専門官です。すでに、秦漢の時代にも、「諫大夫」が置かれていましたが、後漢時代以降、「諫議大夫」と改称され、重要な地位を占めていました。その王珪は、冒頭、『書経《しょきょう》』の言葉を引用します。これは、殷《いん》の高宗《そう》に向かって名臣の傅説《ふえつ》が説いた言とされます。「縄」とは、その昔、大工が直線を引くのに使ったもので、墨を付けた細い縄のことを言います。これをはじいて木材に直線を引き、それに従って木を切るのです。どんなに曲がった木でも、その墨縄を使えばまっすぐに切れるというわけです。同様に、君主も、臣下の諫諍という墨縄によって正してもらえば「聖主」になれるという意味です。

また、「争臣七人」とは、『孝経《こうきょう》』諫争章に見える言葉。「昔者《むかし》、天子《てんし》、争臣七人有《そうしんしちにんあ》れば、無道《むどう》と雖《いえど》も、天下を失わず」とあります。たとえでたらめの君主でも、諫諍する臣下が七人いれば、天下を失うことはない、という意味です。それほど、諫諍する臣下は重要だと意識されていたのです。

こうした王珪の言葉を聞いた太宗は、「善し」とひとこと。さっそく諫諍を納れる体制を整えます。諫諍は、それを聞き入れてくれる君主の度量がなくては、単なる暴言とされてしまうのです。納れる君主がいてこその諫諍です。

情を尽くして極諫する

貞観五年、太宗が房玄齢《ぼうげんれい》らに言われた。「昔から帝王《ていおう》は、感情のままに喜怒《きど》を表し、機嫌の良いときには、功績がない者にもみだりに賞を与え、機嫌の良くないときには、無罪の者をもみだりに殺した。このようにして、天下の喪乱《そうらん》（多くの人が死んだり災いが起こって乱れること）が、これを原因として起こらないことはないのだ。私は、今、朝から晩まで、このことを心に思わないことはない。常に公らのまごころを尽くして極諫《きょくかん》（遠慮せず徹底的に諫めること）してほしい。また公らも他人の諫めの言葉を受け入れるように。どうして、人の意見が自分の気持ちと違うからと言って、そのまま自分の短所を守り諫諍を納《い》れないということがあってよかろうか。もし他人の諫めを受け入れることができないのであれば、どうして他人を諫めることなどできようか」。

（求諫）

貞観五年《じょうがんごねん》、太宗《たいそう》房玄齢等《ぼうげんれいら》に謂《い》いて曰《いわ》く、「古《いにしえ》より帝王《ていおう》、多《おお》くは情《じょう》に任《まか》せて喜怒《きど》し、喜《よろこ》べば則《すなわ》ち濫《みだ》りに功無《こうな》きを賞《しょう》し、怒《いか》れば則《すなわ》ち濫《みだ》りに罪無《つみな》きを殺《ころ》す。是《ここ》を以《もっ》て天下《てんか》の喪乱《そうらん》、此《これ》に由《よ》らざるは莫《な》し。朕《ちん》、今夙夜未《いましゅくやいま》だ嘗《かっ》て此《これ》を以《もっ》て心《こころ》と為《な》さずんばあらず。恒《つね》に公等《こうら》の情《じょう》を尽《つ》くして極諫《きょくかん》せんことを欲《ほっ》す。公等《こうら》も亦《ま》た須《すべか》らく人《ひと》の諫語《かんご》を受《う》くべし。豈《あ》に人《ひと》の言《げん》の己《おのれ》の意《い》に同《おな》じからざるを以《もっ》て、便即《すなわ》ち短《たん》を護《まも》りて納《い》れざるを得《え》んや。若《も》し諫《いさ》めを受《う》くる能《あた》わずんば、安《いずく》んぞ能《よ》く人《ひと》を諫《いさ》めんや」。

貞観五年、太宗謂二房玄齢等一曰、「自レ古帝王、多任レ情喜怒、喜則濫賞レ無レ功、怒則濫殺レ無レ罪。是以天下喪乱、莫レ不レ由レ此。朕今夙夜未三嘗不二以レ此為レ心。恒欲三公等尽レ情極諫一。公等亦須レ受二人諫語一。豈得下以二人言不レ同二己意一、便即護レ短不上レ納。若不レ能レ受レ諫、安能諫レ人」。

▼この章の冒頭の解説で、諫諍の種類を紹介しました。その中で、最も徹底的な諫諍と

して、「極諫」があることを指摘しました。「極」は「きわめる」。これ以上はないというきつい諫諍です。ここで太宗は、中国の歴史を振り返り、多くの王朝が滅んだ原因を追究します。太宗がたどり着いた答えは、帝王自身がその喜怒をみだりに発してしまうということでした。そして、そうした個人的感情によって賞罰が濫用《らんよう》され、やがて国家が乱れ滅んでいくと言うのです。

では、そうならないようにするには、どうすればよいのでしょうか。そこで必要となってくるのが、諫諍です。太宗は、王の側近たちが情を尽くして極諫してくれるよう願います。ただここで興味深いのは、諫諍する臣下たち自身も、また諫諍を受ける側にまわることがあるということです。臣下と言っても、彼らは王の重臣であり、一方では多くの部下たちの上司でもあります。同僚や部下の諫諍を受けるという局面もあるでしょう。そのとき、諫諍を受け入れる柔軟性や度量がなければ、そもそも王に向かって諫諍する資格などないのです。

諫諍の難しさ

貞観十五年、太宗が魏徴《ぎちょう》に問うて言われた。「このごろ朝廷の臣下たちがみな政《せい》事《じ》について意見を言わないのはどうしてか」。魏徴がお答えして言った。「陛下は心を虚《むな》しくして［臣下の意見を］聞き入れて下さいます。誠に意見を言う者があってしかるべきです。しかしながら、古人が言っています。『まだ信用されていないのに諫めれば、自分の悪口を言っていると思われます。もし信用されているのに諫めなければ、それは給料泥棒と言います』。ただ人の才能や器《うつわ》は、それぞれ異なります。勇気がなく気弱な人は、忠直《ちゅうちょく》の心をいだきながら言うことができません。疎遠《そえん》の人（人間関係が濃密でない人）は、信用されないのではないかと恐れて言うことができません。職のことを思う人は、その職を失うのではないかと考えて、言おうとしません。これが、たがいに口を閉ざして周囲に同調し、その日その日を過ごしている理由です」。

（求諫）

貞観《じょうがん》十五年《じゅうごねん》、太宗《たいそう》魏徴《ぎちょう》に問《と》いて曰《いわ》く、「比来朝臣《このごろちょうしん》都《すべ》て事《こと》を論《ろん》ぜざるは何《なん》ぞや」。徴対《ちょうこた》えて曰《いわ》く、「陛下《へいか》心《こころ》を虚《むな》しくして採納《さいのう》す。誠《まこと》に宜《よろ》しく言《い》う者有《ものあ》るべし。然《しか》れども古人《こじん》云う、『未《いま》だ信《しん》ぜられずして諫《いさ》むれば、則《すなわ》ち以《もっ》て己《おのれ》を謗《そし》ると為《な》す。信《しん》ぜられて諫《いさ》めざれば、則《すなわ》ち之《これ》を尸禄《しろく》と謂《い》う』。但《た》だ人《ひと》の才器《さいき》は、各々同《おのおのおな》じからざる有《あ》り。懦弱《だじゃく》の人《ひと》は、忠直《ちゅうちょく》を懐《おも》うも言《い》う能《あた》わず。疎遠《そえん》の人《ひと》は、信《しん》ぜられざるを恐《おそ》れて言《い》うを得《え》ず。禄《ろく》を懐《おも》うの人《ひと》は、身《み》に便《べん》ならざらんことを慮《おもんぱか》りて敢《あえ》て言《い》わず。相与《あいとも》に緘黙《かんもく》し、俛仰《ふぎょう》して日《ひ》を過《す》ごす所以《ゆえん》なり」。

貞観十五年、太宗問二魏徴一曰、「比来朝臣都不レ論レ事何也」。徴対曰、「陛下虚レ心採納。誠宜レ有二言者一。然古人云、『未レ信而諫、則以為レ謗レ己。信而不レ諫、則謂二之尸禄一』。但人之才器、各有レ不レ同。懦弱之人、懐二忠直一而不レ能レ言。疎遠之人、恐レ不レ信而不レ得レ言。懐レ禄之人、慮レ不レ便レ身而不二敢言一。所二以相与緘黙、俛仰過一レ日」。

▼魏徴は、諫諍の難しさについて述べています。「古人」の言葉として引用されている文章の内、前半は、この章の冒頭でもご紹介した『論語』に見えます。『論語』子張《しちょう》篇の子夏《しか》の言葉に、こうありました。「信《しん》ぜられて而《しか》る後《のち》に諫《いさ》む。未《いま》だ信ぜられざれば、則《すなわ》ち以《もっ》て己《おのれ》を謗《そし》ると為《な》す」。また、引用後半部のうち、「尸禄《しろく》」というのは難しい言葉ですが、要するに禄を食《は》んでいながら仕事（諫諍）をしない、ということで、「尸位素餐《しいそさん》」「尸素《しそ》」「尸禄素餐《しろくそさん》」などとも言います。無駄飯《むだめし》食い、給料泥棒という意味です。
なぜ諫諍は難しいのか。人にはそれぞれ事情があり、ついつい口を閉ざしてしまうのです。そのうち、最も罪が重いのは、その地位にありながら諫諍しないという場合でしょう。部下を代表して上司に進言すべき立場の人が、自己保身のために何も言わないようでは、もうその組織は終わりです。

兆しを諫める

貞観十七年、太宗が諫議大夫《かんぎたいふ》の褚遂良《ちょすいりょう》に問うて言われた。「昔、舜《しゅん》が漆器《しっき》を造り、禹《う》がその俎《そ》（肉をのせる台）に彫刻を施した。当時、それを諫めたものが十人あまりいたという。たかだか食器くらいのことで、どうして苦言を呈することがあろうか」。褚遂良がお答えして言った。「彫刻のような細工は農事に害をなし、組みひものような飾りは、女性の仕事を妨げます。行き過ぎた贅沢《ぜいたく》に手を染めるのは、危機滅亡の第一歩です。漆器で満足できなくなると、次は金で器を作ることになるでしょう。また金の器で満足できなくなれば、次は玉《ぎょく》（宝石）で器を作ることになるでしょう。だから諫諍する臣下は、必ずその兆《きざ》しの段階で諫めるのです。ものごとが充ち満ちてからでは、もう諫めることはできません」。（求諫）

貞観十七年《じょうがんじゅうしちねん》、太宗《たいそう》 諫議大夫《かんぎたいふ》褚遂良《ちょすいりょう》に問《と》いて曰《いわ》く、「昔《むかし》、舜《しゅん》 漆器《しつき》を造《つく》り、禹《う》 其《そ》の俎《そ》に雕《え》る。当時《とうじ》、諫《いさ》むる者《もの》十有余人《じゅうゆうよにん》なり。食器《しょっき》の間《かん》、何《なん》ぞ苦諫《くかん》を須《もち》いん」。遂良《すいりょう》 対《こた》えて曰《いわ》く、「雕《ちょう》

貞観十七年、太宗問㆓諫議大夫褚遂良㆒曰、「昔舜造㆓漆器㆒、禹雕㆓其俎㆒。当時諫者十有余人。食器之間、何須㆓苦諫㆒」。

琢《たく》は農事《のうじ》を害《がい》し、纂組《さんそ》は女工《じょこう》を傷《やぶ》る。奢淫《しゃいん》を首創《しゅそう》するは、危亡《きぼう》の漸《ぜん》なり。漆器《しっき》已《や》まざれば必《かなら》ず金《きん》もて之《これ》を為《つく》らん。金器《きんき》已《や》まざれば必《かなら》ず玉《ぎょく》もて之《これ》を為《つく》らん。所以《ゆえ》に諍臣《そうしん》は必《かなら》ず其《そ》の漸《ぜん》を諫《いさ》む。其《そ》の満盈《まんえい》に及《およ》びては復《ま》た諫《いさ》むる所無《ところな》し」。

遂良対曰、「雕琢害二農事一、纂組傷二女工一。首二創奢淫一、危亡之漸。漆器不レ已、必金為レ之。金器不レ已、必玉為レ之。所以諍臣必諫二其漸一。及二其満盈一、無レ所二復諫一」。

▼褚遂良《ちょすいりょう》（五九六〜六五八）は書の大家としても有名な人物です。太宗のとき、諫議大夫を務めていました。太宗が、「蘭亭序《らんていじょ》」で有名な東晋《とうしん》の書家王羲之《おうぎし》の書を収集したとき、この褚遂良が誤りなく鑑定したと伝えられています。その力量により、彼は「初唐三大家」の一人とされています。ちなみに、その三人とは、欧陽詢《おうようじゅん》・虞世南《ぐせいなん》・褚遂良。これに盛唐《せいとう》の顔真卿《がんしんけい》を加えた四人を「唐四大家」と呼ぶこともあります。

さて、ここでの太宗の質問は、その昔、舜が漆器をつくり、禹が俎に彫刻を施した際、十人もの家臣がそれを諫めたという話に始まっています。これは、『韓非子《かんぴし》』十過篇《じっかへん》に記される故事。太宗は、たかだか食器のことで、そう大げさに諫めるのはどうか、と問うのです。これに対して、褚遂良は、「漸《ぜん》」(兆し)の段階で諫めるのが肝要だと答えます。漆器くらいどうでもいいではないか、という考えは甘く、それではやがて満足できなくなって、漆《うるし》から金《きん》へ、金から玉《ぎょく》へと欲望は肥大していくのです。もうそうなってからでは手遅れで、少々の諫めではきかなくなってしまうのです。

逆鱗に触れるのを恐れない

貞観六年、太宗は、御史大夫《ぎょしたいふ》の韋挺《いてい》・中書侍郎《ちゅうしょじろう》の杜正倫《とせいりん》・秘書少監《ひしょしょうかん》の虞世南《ぐせいなん》・著作郎《ちょさくろう》の姚思廉《ようしれん》らが、封事《ほうじ》(天子にご覧いただくために密封して差し出す意見書)を差し上げて、御心《みこころ》にかなったので、[太宗は彼らを]召し出して言われた。「古くからの人臣が忠義を立てたできごとを、私が細かく通覧したところ、もし明主《めいしゅ》に出会えれば、まごころを尽くして正し諫めることができる。しかし、[桀《けつ》・紂《ちゅう》という暴君に仕えた]龍逢《りょうほう》や比干《ひかん》のような場合には、[その言が聞き入れられなかったので」妻子まで殺されるという事態を避けられなかった。正しい君主であることは難しく、また正しい臣下であることはもっと難しい。私はまた聞いている。龍は飼い慣らして親しむことさえできる。しかしながら、喉《のど》の下に逆鱗《げきりん》（逆さにはえた鱗）がある。これに触れると人を殺す。人主《じんしゅ》にもまた逆鱗があると。卿《けい》らは、決して［その逆鱗を］犯し触れることを避けずに、各々封事を差し出した。常にこのようであれば、私はどうして国家が傾き敗れる心配をすることがあろうか。常に卿らのこの気持ちを思い、片時も忘れることができない。だから、宴会を設けて、楽しみをともにしたいのだ」。そこで、職階に応じて絹を与えた。

（求諫）

貞観六年《じょうがんろくねん》、太宗《たいそう》御史《ぎょし》大夫《たいふ》韋挺《いてい》・中書侍郎《ちゅうしょじろう》杜正倫《とせいりん》・秘書少監《ひしょしょうかん》虞世南《ぐせいなん》・著作郎《ちょさくろう》姚思廉《ようしれん》等、封《ほう》事《じ》を上《たてまつ》りて旨《むね》に称《かな》えるを以《もっ》て、召《め》して謂《い》いて

貞観六年、太宗以下御史大夫韋挺・中書侍郎杜正倫・秘書少監虞世南・著作郎姚思廉等、

曰《いわ》く、「朕《ちん》古《いにしえ》よりの人臣《じんしん》、忠《ちゅう》を立《た》つるの事《こと》を歴観《れきかん》するに、若《も》し明主《めいしゅ》に値《あ》えば、便《すなわ》ち宜《よろ》しく誠《まこと》を尽《つ》くして規諫《かん》すべし。龍逢《りようほう》・比干《ひかん》の如《ごと》きに至《いた》っては、孥戮《どりく》を免《まぬか》れず。君為《きみた》ること易《やす》からず、臣為《しんた》ること極《きわ》めて難《かた》し。朕又聞《ちんまたき》く、龍《りゅう》は擾《なら》して馴《な》れしむべし。然《しか》れども喉下《こうか》に逆鱗《げきりん》有《あ》り。之《これ》に触《ふ》るれば則《すなわ》ち人《ひと》を殺《ころ》す。人主《じんしゅ》にも亦《ま》た逆鱗有《げきりんあ》りと。卿等《けいら》、遂《つい》に犯触《はんしょく》を避《さ》けずして、各々封事《おのおのほうじ》を進《すす》む。常《つね》に能《よ》く此《か》くの如《ごと》ければ、朕豈《ちんあ》に宗社《そうしゃ》の傾敗《けいはい》を慮《おもんぱか》らんや。毎《つね》に卿《けい》等《ら》の此《こ》の意《い》を思《おも》い、暫《しばら》くも忘《わす》るる能《あた》わず。故《ゆえ》に宴《えん》を設《もう》けて楽《たの》しみを為《な》す」。仍《よ》りて絹《きぬ》を賜《たま》いて差《さ》有《あ》り。

上㆓封事㆒称㆑旨、召而謂曰、「朕歴㆔観自㆑古人臣立㆑忠之事㆓、若値㆓明主㆒、便宜㆓尽㆑誠規諫㆒。至㆑如㆓龍逢・比干㆒、不㆑免㆓孥戮㆒。為㆑君不㆑易、為㆑臣極難。朕又聞、龍可㆓擾而馴㆒。然喉下有㆓逆鱗㆒。触㆑之則殺㆑人。人主亦有㆓逆鱗㆒。卿等遂不㆑避㆓犯触㆒、各進㆓封事㆒、常能如㆑此、朕豈慮㆓宗社之傾敗㆒。毎思㆓卿等此意㆒、不㆑能㆓暫忘㆒。故設㆑宴為㆑楽」。仍賜㆑絹有㆑差。

▽「逆鱗に触れる」とは、『韓非子』説難《ぜいなん》篇に出てくる言葉です。龍は本来おとなしい性格で、その背にも乗ることができますが、のどもとに一枚だけ逆さにはえた鱗《うろこ》（逆鱗《げきりん》）があり、これに触《さわ》ると龍は激怒するというのです。韓非子は、これにより、臣下が君主をよく観察し、その逆鱗に触れないようにと忠告するのです。韓の国の公子として生まれながら、嫡男《ちゃくなん》でなかったこともあって、自身の「法治」の主張を聞き入れてもらえなかったという体験が背景となっているかもしれません。この成語は、現代社会の人間関係においても、一つの教訓として知られています。
ところが太宗は、韋挺・杜正倫らの臣下が、逆鱗に触れる危険を恐れずに勇気を持って意見書を提出したことを褒めています。太宗の度量も褒められるべきでしょう。

皇后の諫め

太宗は一頭の駿馬《しゅんめ》を保有していた。特にその馬を愛し、常に宮中で養《やしな》い飼わせていた。その馬が特に病《やまい》もなく突然死んでしまった。太宗は、宮中で馬を養う係の者に怒り、その人を殺そうとした。皇后《こうごう》（太宗の正妻の長孫《ちょうそん》皇后）が諫めて言った。「昔、斉《せい》の景公《けいこう》は、飼っていた馬が死んだのを理由に係の人を殺そうとしました。そのとき晏子《あんし》（斉の宰相の晏嬰《あんえい》）が、その罪を追及させて下さいと願って言いました。『お前は、馬を養っていて死なせてしまった。これがお前の第一の罪だ。また、主君（景公）に人を殺させようとした。民がこのことを聞けば、必ず主君を恨むであろう。これがお前の第二の罪だ。他国の諸侯《しょこう》がこれを聞けば、必ずわが国を軽視するであろう。これがお前の第三の罪だ』。晏子の言葉を聞いた景公は、係の者の罪を許しました。陛下はかつて書物を読んでこのことをご存じのはず。どうしてお忘れになったのですか」。太宗はそこで、怒りの気持ちを解いた。また房玄齢《ぼうげんれい》に言われた。「皇后は、諸々のことについて教え導いてくれる。きわめて有益だ」。（納諫）

＝太宗《たいそう》一駿馬《いちしゅんめ》有《あ》り。特《とく》に之《これ》を愛《あい》し、恒《つね》に宮中《きゅうちゅう》

太宗有㆓一駿馬㆒。特愛㆑之、恒

に於《お》て養飼《ようし》す。病無《やまいな》くして暴《にわか》に死《し》す。太宗《たいそう》馬《うま》を養《やしな》う宮人《きゅうじん》を怒《いか》り、将《まさ》に之《これ》を殺《ころ》さんとす。皇后諫《こうごういさ》めて曰《いわ》く、「昔斉《むかしせい》の景公《けいこう》 馬《うま》の死《し》するを以《もっ》て人《ひと》を殺《ころ》さんとす。晏子其《あんしそ》の罪《つみ》を数《せ》めんと請《こ》いて云《い》う、『爾《なんじ》、馬《うま》を養《やしな》いて死《し》せり。爾《なんじ》が罪《つみ》の一《いち》なり。公《こう》をして馬《うま》を以《もっ》て人《ひと》を殺《ころ》さしむ。百姓之《ひゃくせいこれ》を聞《き》けば、必《かなら》ず吾《わ》が君《きみ》を怨《うら》む。爾《なんじ》が罪《つみ》の二《に》なり。諸侯之《しょこうこれ》を聞《き》けば必《かなら》ず吾《わ》が国《くに》を軽《かろ》んず。爾《なんじ》が罪《つみ》の三《さん》なり』。公乃《こうすなわ》ち罪《つみ》を釈《ゆる》す。陛下《へいか》嘗《かつ》て書《しょ》を読《よ》みて此《こ》の事《こと》を見《み》る。豈《あ》に之《これ》を忘《わす》れしか」。太宗《たいそう》 意《い》乃《すなわ》ち解《と》く。又房玄齢《またぼうげんれい》に謂《い》いて曰《いわ》く、「皇后《こうごう》は庶事《しょじ》相啓沃《あいけいよく》す。極《きわ》めて利《り》益有《えきあ》るのみ」。

於二宮中一養飼。無レ病而暴死。太宗怒二養レ馬宮人一、将レ殺レ之。皇后諫曰、「昔斉景公、以二馬死一殺レ人。晏子請レ数二其罪一云、『爾養レ馬而死。爾罪一也。使二公以レ馬殺一レ人。百姓聞レ之、必怨二吾君一。爾罪二也。諸侯聞レ之、必軽二吾国一。爾罪三也』。公乃釈レ罪。陛下嘗読レ書見二此事一。豈忘レ之邪」。太宗意乃解。又謂二房玄齢一曰、「皇后庶事相啓沃。極有二利益一爾」。

▼『貞観政要』は太宗と臣下たちの問答で構成されていますが、ここには、皇后の言葉が記されています。長孫《ちょうそん》皇后は、春秋時代の斉の景公と晏子のやりとりを引いて、間接的に太宗を諫めています。魏徴や房玄齢らの臣下たちが正面切って厳しく苦言を呈するのとは異なり、皇后らしく穏やかに、しかし的を射た適切な言葉で諫めています。それに対する太宗の反応も決して不快や反発ではありません。自分にとって「益」ある存在だと褒めたたえています。皇帝と皇后という関係だけではなく、一般の夫婦の関係としても、一つの理想だと言えましょう。

なお、この条は、現在、通行本（刊本）の納諫《のうかん》篇だけに見え、この条自体が収録されていないテキストもあります。『貞観政要』のテキスト問題については、巻末の「テキスト解説」をご覧下さい。

晏嬰像（山東省斉国歴史博物館）

四、かけがえのない人材

どんなに立派な君主でも、一人では組織の運営はできません。人材を得て、彼らの協力のもとに大きな組織を動かしていくのです。その際、太宗が重視したのは、二つです。一つは、かつての敵でも、すぐれた人物を抜擢《ばってき》すること。とかく人は、ライバルを敵視して排除しがちです。しかし、そのライバルを高く評価し、大きな度量で受け入れることができれば、百人力です。豊富な人材を確保するためのポイントでしょう。もう一つは、諫諍です。第三章でも取り上げたとおり、『貞観政要』の大きな主題の一つが諫諍でした。太宗は、忌憚《きたん》なく諫諍してくれる部下をかけがえのない人材として高く評価し、側近として抱えようと努力しました。これが、政権の安定につながり、「貞観の治」をもたらしたのです。

忠誠を尽くし諫諍する臣下

［貞観］六年、太宗は九成宮《きゅうせいきゅう》にでかけ、近臣たちと宴会を開いた。長孫無忌《ちょうそんむき》が言った。「王珪《おうけい》と魏徴《ぎちょう》は、かつて息隠《そくいん》太子（建成《けんせい》）に仕え、私は、この両人をまるで讎《あだ》のように見ておりました。今この宴会で同席しようとは思いもよりませんでした」。太宗が言われた。「魏徴はかつて実際に私が讎としていた人物である。ただ仕える主人に心を尽くしていた点は、大いに褒めるに値する。だから私は抜擢して彼を任用したのだ。どうして昔の立派な人物に恥じようか。魏徴はいつも厳しく諫諍して、私が不正を働くのを許さなかった。私が魏徴を重用するのはこのためだ」。（任賢）

六年《ろくねん》、太宗《たいそう》九成宮《きゅうせいきゅう》に幸《みゆき》し、近臣《きんしん》を宴《えん》す。長《ちょう》孫無《そんむ》忌《き》曰《いわ》く、「王珪《おうけい》・魏徴《ぎちょう》は、往《さき》に息隠《そくいん》に事《つか》え、臣之《しんこれ》を見《み》ること讎《あだ》の若《ごと》し。謂《おも》わざりき、

六年、太宗幸㆓九成宮㆒、宴㆓近臣㆒。長孫無忌曰、「王珪・魏徴、往事㆓息隠㆒、臣見㆑之若㆑

今者《いま》又此《またこ》の宴《えん》を同《おな》じくするを」。太宗曰《たいそういわ》く、「魏徴《ぎちょう》は往者《さき》に実《じつ》に我《わ》が讎《あだ》とする所《ところ》なり。但《た》だ其《そ》の心《こころ》を事《つか》うる所《ところ》に尽《つ》くすは、嘉《よみ》するに足《た》る者有《ものあ》り。朕能《ちんよ》く擢《ぬき》んでて之《これ》を用《もち》う。何《なん》ぞ古《こ》烈《れつ》に慙《は》じん。徴毎《ちょうつね》に顔《かお》を犯《おか》して切諫《せっかん》し、我《わ》が非《ひ》を為《な》すを許《ゆる》さず。我《われ》の之《これ》を重《おも》んずる所以《ゆえん》なり」。

讎。不レ謂、今者又同二此宴一」。太宗曰、「魏徴往者実我所レ讎。但其尽二心所一レ事、有二足レ嘉者一。朕能擢而用レ之。何慙二古烈一。徴毎犯レ顔切諫、不レ許二我為一レ非。我所二以重一レ之也」。

▼この問答には、少し説明がいるでしょう。ここにいう「息隠」とは、唐の初代皇帝高《こう》祖李淵《そりえん》の長男で、名は建成《けんせい》。はじめ皇太子となったのですが、三男の海陵《かいりょう》とはかって、高祖の次男李世民《りせいみん》(後の太宗)の殺害を企てました。李世民はこの動きを察知し、宮城の北門である玄武門《げんぶもん》で二人を射殺しました。これを「玄武門の変」と言います。「貞観の治」と呼ばれる太平の世の前には、実は、このような大変きな臭い事件があったのです。そして、王珪と魏徴とは、かってその息隠太子に仕える臣下だったのです。一方、

長孫無忌は、もとから太宗に従う功臣でした。つまり彼らは以前、敵味方の関係でした。だから、長孫無忌は、彼らと今、同席しているのを夢のようだと言っているのです。ではなぜ、彼らは、太宗に受け入れられたのでしょうか。それは、主人が誰であれ、心を尽くして仕えるさまを太宗が評価したからです。さらに恐れることなく諫諍するという態度が認められ、太宗に抜擢されたのです。

長孫無忌（『新刻歴代聖賢像賛』）

三つの鏡

太宗がかつておそばに仕える臣下たちに言われた。「そもそも銅《どう》を鏡《かがみ》とすれば、衣服や冠《かんむり》を正すことができる。古《いにしえ》を鏡とすれば、世の興亡を知ることができる。

人を鏡とすれば、善悪を明らかにすることができる。私は常にこの三つの鏡を保持して、自身の過ちを防いできた。しかし今、魏徴《ぎちょう》が亡くなって、ついにその一つの鏡を失ってしまった」。そこで久しく涙を流された。やがて詔勅《しょうちょく》を発して言われた。「昔は、ただ魏徴だけが常に私の過ちを明らかにしてくれた。彼が亡くなってからは、たとえ過ちがあってもそれを明らかにしてくれる者がいない。私は、どうして、以前だけに非があり、今はすべて正しいなどということがあろうか。また、多くの役人たちがむやみに人の言葉に従い、逆鱗《げきりん》に触れるのをはばかっているのであろうか。自分の心を虚《むな》しくして（私心を持たず）ものごとを受け入れ、迷いを開いて反省するのはこのためなのだ。［臣下が］言っても用いてもらえないというのであれば、私は甘んじてその責を負いたい。しかし用いても言わないというのであれば、それはいったい誰の責任であろうか。これ以後、各々自分の誠を尽くせ。もし私に悪い点があれば、直言して隠すことがないように」。

（任賢）

太宗《たいそう》嘗《かつ》て侍臣《じしん》に謂《い》いて曰《いわ》く、「夫《そ》れ銅《どう》を以《もっ》て鏡《かがみ》と為《な》せば、以《もっ》て衣冠《いかん》を正《ただ》すべし。古《いにしえ》を以《もっ》て鏡《かがみ》と為《な》せば、以《もっ》て興替《こうたい》を知《し》るべし。人《ひと》を以《もっ》て鏡《かがみ》と為《な》せば、以《もっ》て得失《とくしつ》を明《あき》らかにすべし。朕《ちん》常《つね》に此《こ》の三鏡《さんきょう》を保《たも》ち、以《もっ》て己《おのれ》の過《あやま》ちを防《ふせ》ぐ。今《いま》、魏徴《ぎちょう》殂逝《そせい》し、遂《つい》に一鏡《いっきょう》を亡《うしな》う」。因《よ》りて泣下《なみだくだ》ること之《これ》を久《ひさ》しうす。乃《すなわ》ち詔《みことのり》して曰《いわ》く、「昔《むかし》、惟《た》だ魏徴《ぎちょう》のみ毎《つね》に予《わ》が過《あやま》ちを顕《あらわ》す。其《そ》の逝《ゆ》きしより、過《あやま》つと雖《いえど》も彰《あらわ》すもの莫《な》し。朕《ちん》豈《あ》に独《ひと》り往時《おうじ》に非《ひ》にして、皆茲《みなこ》の日《ひ》に是《ぜ》なること有《あ》らんや。故《ゆえ》に亦《ま》た庶僚苟順《しょりょうこうじゅん》して、龍鱗《りゅうりん》に触《ふ》るるを難《かた》しとする者《もの》か。己《おのれ》を虚《むな》しくして外求《がいきゅう》し、迷《まよ》いを披《ひら》きて内省《ないせい》する所以《ゆえん》なり。言《い》

太宗嘗謂二侍臣一曰、「夫以レ銅為レ鏡、可三以正二衣冠一。以レ古為レ鏡、可三以知二興替一。以レ人為レ鏡、可三以明二得失一。朕常保二此三鏡一、以防二己過一。今魏徴殂逝、遂亡二一鏡一矣」。因泣下久レ之。乃詔曰、「昔惟魏徴毎顕二予過一。自二其逝一也、雖レ過莫レ彰。朕豈独有下非二於往時一、而皆是中於茲日上。故亦庶僚苟順、難レ触二龍鱗一者歟。所二以虚レ己外求披レ迷内省一。言而不レ用、朕所二甘心一。用而

えども用《もち》いざるは、朕《ちん》の甘心《かんしん》する所《ところ》なり。用《もち》うれども言《い》わざるは、誰《たれ》の責《せき》ぞや。斯《こ》れより已後《いご》、各々乃《おのおのなんじ》の誠《まこと》を悉《つ》くせ。若《も》し是非《ぜひ》有《あ》らば、直言《ちょくげん》して隠《かく》すこと無《な》かれ」。

不レ言、誰之責也。自レ斯已後、各悉二乃誠一。若有二是非一、直言無レ隠」。

▼鏡は真実を映します。わたしたちが平素「鏡」だと思っているのは、自分の姿を映す鏡でしょう。これによってお化粧をしたり、服装を正したりします。しかし太宗は、さらに二つの鏡を持っていました。歴史と人です。歴史は後世の人々にとって大切な教訓。先人の素晴らしい業績を見て、それを模範とし、また先人の失敗を反面教師とします。そしてもう一つ。自分自身を率直に正してくれる鏡。それが人です。魏徴こそは、太宗にとっての鏡だったのです。そして、その魏徴が亡くなった今、自分を正してくれる最も重要な鏡を失ったと太宗は嘆いているのです。

義兵を起こす

李靖《りせい》は、京兆《けいちょう》の三原《さんげん》県の人である。大業《たいぎょう》年間（六〇五〜六一八）の末に、馬邑《ばゆう》郡の丞《じょう》（副官）となった。たまたま高祖（李淵《りえん》）が太原《たいげん》の留守《りゅうしゅ》（天子の行幸や出陣の間、その留守を守る役）となった。李靖は高祖を観察し、四方を平定する志があるのを知った。そこで自ら鎖につながれて（護送される囚人にまぎれて）事変が起こったと［隋の煬帝《ようだい》に］奏上しようとし、江都《こうと》へ赴こうとして、長安に至った。しかし道が塞がっていて通れず、断念した。高祖が京城《けいじょう》（都の長安）を攻略し、李靖を捕らえて斬《き》ろうとした。李靖は大声で叫んだ。「公は、正義の戦《いくさ》を起こして、暴乱を除こうとした。大事を成就させずに、私怨《しえん》によって壮士を斬《き》るのか」。［それをかたわらで聞いていた］太宗もまた［李靖を］許すよう口添えした。高祖はそこで李靖を釈放した。　（任賢）

二　李靖《りせい》、京兆三原《けいちょうさんげん》の人《ひと》なり。大業《たいぎょう》の末《すえ》、馬邑郡《ばゆうぐん》

李靖、京兆三原人也。大業末、

の丞《じょう》と為《な》る。会々《たまたま》高祖《こうそ》太原《たいげん》の留守《りゅうしゅ》と為《な》る。靖《せい》高祖《こうそ》を観察《かんさつ》し、四方《しほう》の志《こころざし》有《あ》るを知《し》る。因《よ》りて自《みずか》ら鎖《くさり》して変《へん》を上《たてまつ》り、江都《こうと》に詣《いた》らんとして、長安《ちょうあん》に至《いた》る。道塞《みちふさ》がりて通《つう》ぜずして止《や》む。高祖《こうそ》京城《けいじょう》に克《か》ち、靖《せい》を執《とら》えて将《まさ》に之《これ》を斬《き》らんとす。靖大《せいおお》いに呼《よ》びて曰《いわ》く、「公《こう》、義兵《ぎへい》を起《お》こし、暴乱《ぼうらん》を除《のぞ》く。大事《だいじ》を就《な》さんと欲《ほっ》せずして、私怨《しえん》を以《もっ》て壮士《そうし》を斬《き》るか」。太宗《たいそう》も亦《ま》た救請《きゅうせい》を加《くわ》う。高祖《こうそ》遂《つい》に之《これ》を捨《ゆる》す。

為二馬邑郡丞一、会高祖為二太原留守一。靖観二察高祖一、知レ有二四方之志一。因自鎖上レ変、詣二江都一、至二長安一。道塞不レ通而止。高祖克二京城一、執レ靖将レ斬レ之。靖大呼曰、「公起二義兵一、除二暴乱一。不レ欲レ就二大事一、而以二私怨一斬二壮士一乎」。太宗亦加二救請一。高祖遂捨レ之。

▽李靖と言えば、『李衛公問対《りえいこうもんたい》』です。唐代を代表する武将で、太宗との問答が、兵書『李衛公問対』としてまとめられています。この書は、『孫子』『呉子』などとともに「武経七書《ぶけいしちしょ》」と呼ばれ、中国を代表する軍学の書として尊重されました。その李靖は、もともと隋の煬帝に仕える臣下でした。しかし、高祖李淵に捕らえられ、まさに首を切

李靖（『歴代古人像賛』）

られようとしたそのとき、李靖は堂々と大声で叫びます。「正義の軍隊を起こした者が、壮士を斬るのか」と。それをそばで聞いていた太宗は感服し、助命を嘆願します。許された李靖は、その後、太宗のもとで大活躍する武将となったのです。

虞世南の五絶

太宗がかつておっしゃった。虞世南《ぐせいなん》には五つの秀でたもの（五絶《ごぜつ》）がある。第一は徳行。第二は忠直《ちゅうちょく》（忠実で実直）。第三は博学。第四は詞藻《しそう》（詩文の才）。第五は書翰《しょかん》（すぐれた書簡）である。亡くなるに及び、礼部尚書《れいぶしょうしょ》を贈り、文懿《ぶんい》と諡《おくりな》した。太宗は魏王泰《ぎおうたい》に自ら書いた詔勅《しょうちょく》を下して言われた。「虞世南は私にとって一つの体のようなものだ。私の遺漏を拾い欠点を補い、それを一日として少しも忘れたことがなかった。実に当代の名臣であり、人倫の模範である。私に小さな善があれば、必ず従ってそれが成就するようにし、私に小さな過失があれば、必ず機嫌を損なうのもかえりみないで諫めてくれた。しかし今、亡くなってしまった。石渠《せききよ》や東観《とうかん》（文書館）の中に、もうこのような人はいない。痛惜《つうせき》の言葉もない」。

（任賢）

太宗《たいそう》嘗《かつ》て称《しよう》す、世南《せいなん》に五絶《ごぜつ》有《あ》り。一《いち》に曰《いわ》く徳《とつ》行《こう》。二《に》に曰《いわ》く忠直《ちゆうちよく》。三《さん》に曰《いわ》く博学《はくがく》。四《し》に曰《いわ》く詞藻《しそう》。五《ご》に曰《いわ》く書翰《しよかん》。卒《しゆつ》するに及《およ》び、礼部《れいぶ》尚書《しようしよ》を贈《おく》り、謚《おくりな》して文懿《ぶんい》と曰《い》う。太宗《たいそう》魏王《ぎおう》泰《たい》に手勅《しゆちよく》して曰《いわ》く、「虞世南《ぐせいなん》の我《われ》に於《お》けるは猶《な》お一体《いつたい》のごときなり。遺《い》を拾《ひろ》いて闕《けつ》を補《おぎな》い、

太宗嘗称、世南有二五絶一。一曰徳行。二曰忠直。三曰博学。四曰詞藻。五曰書翰。及レ卒、贈二礼部尚書一、謚曰二文懿一。太宗手二勅魏王泰一曰、「虞世南於レ我猶二一体一也。拾レ遺補レ

日《ひ》として暫《しばら》くも忘《わす》るること無《な》し。実《じつ》に当代《とうだい》の名臣《めいしん》、人倫《じんりん》の準的《じゅんてき》なり。吾《われ》に小善《しょうぜん》有《あ》れば、必《かなら》ず将順《しょうじゅん》して之《これ》を成《な》し、吾《われ》に小失《しょうしつ》有《あ》れば、必《かなら》ず顔《かお》を犯《おか》して之《これ》を諫《いさ》む。今《いま》、其《そ》れ云《ここ》に亡《ぼう》す。石《せき》渠《きょ》・東観《とうかん》の中《なか》、復《ま》た人無《ひとな》し。痛惜《つうせき》豈《あ》に言《い》うべけんや。

闕、無㆓日暫忘㆒。実当代名臣、人倫準的。吾有㆓小善㆒、必将順而成㆑之、吾有㆓小失㆒、必犯㆑顔而諫㆑之。今其云亡。石渠・東観之中、無㆓復人㆒矣。痛惜豈可㆑言耶」。

虞世南（『新刻歴代聖賢像賛』）

▼太宗にその人となりを評価され「五絶」と呼ばれた虞世南（五五八～六三八）は、書家としても大変有名な人です。王羲之《おうぎし》の筆法を伝え、楷書《かいしょ》に秀でていました。欧陽《おうよう》詢《じゅん》・褚遂良《ちょすいりょう》とともに、「初唐三大家」の一人とされます。書の業績としては、「孔子《こうし》廟堂碑《びょうどうひ》」が知られています。これは、貞観

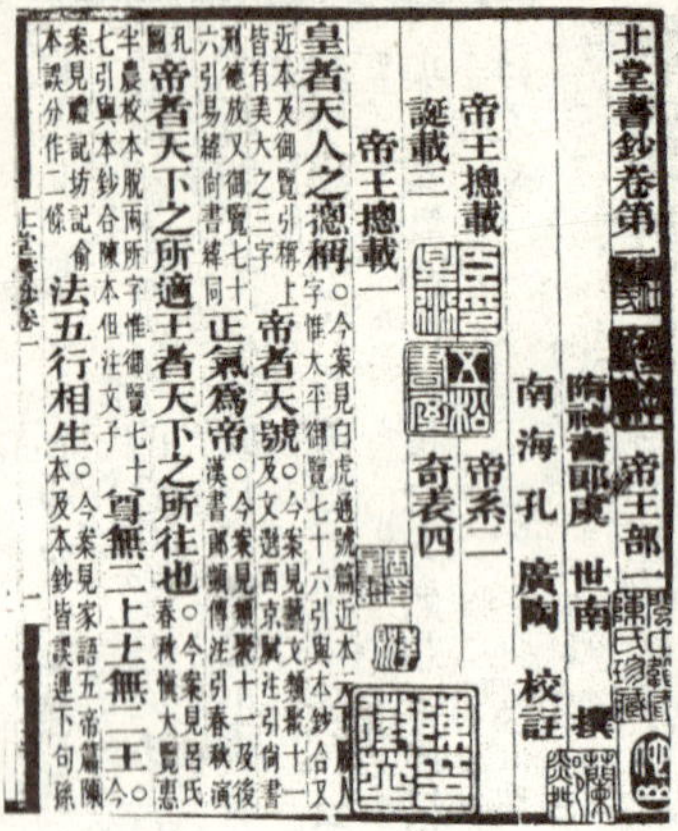
北堂書鈔卷第一　帝王部一
隋祕書郎虞世南撰
南海孔廣陶校註
帝王總載一　帝系二
誕載三　奇表四
帝王總載一
皇者天人之總稱○今案見白虎通號篇近本…字惟太平御覽七十六引與本鈔合又近本及御覽引稱上皆有美大之三字帝者天號○今案見藝文類聚十一及文選西京賦注引尙書刑德放又御覽七十六引易緯尙書緯同正氣爲帝○今案見類聚十一及後漢書郞顗傳注引春秋演孔圖帝者天下之所適王者天下之所往也○今案見呂氏春秋愼大覽…半農校本脫兩所字惟御覽七十七引與本鈔合陳本但注文子尊無二上上無二王○今案見禮記坊記俞本誤分作二條法五行相生○今案見家語五帝篇陳本及本鈔皆誤連下句孫

『北堂書鈔』

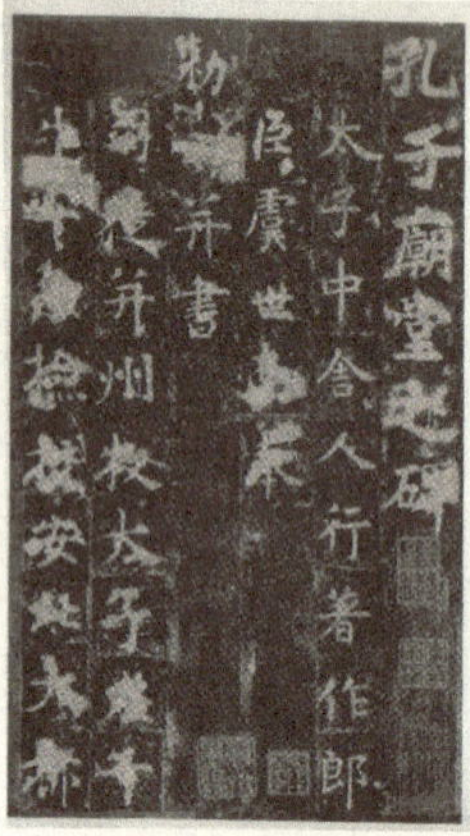

虞世南「孔子廟堂碑」拓本

のはじめ、太宗が長安の国子監《こくしかん》（教育庁）の孔子廟を再建し、虞世南に命じて、楷書によりその碑文を書かせたものです。また、著作としては、『北堂書鈔《ほくどうしょしょう》』という類書《るいしょ》（百科全書）があります。

その虞世南が亡くなって、太宗は大いに嘆きました。「石渠《せききょ》・東観《とうかん》の中、復《ま》た人無し」というのは、やや古風な言い方です。「石渠」とは、前漢の都長安にあった閣の名で、蕭何《しょうか》という学者が作った書庫でした。第九代皇帝宣帝《せんてい》（在位前七四～前四八）のとき、ここに学者が集められ、経書の討論会である「石渠閣会議《せっきょかくかいぎ》」が行われたことで有名です。また、「東観」は、後漢時代の宮中の史料庫。この名の付く史書に『東観《とうかん》漢記《かんき》』があります。後漢時代の歴史を記した紀伝体《きでんたい》の書で、司馬遷の『史記』や班固の『漢書』と並んで高く評価されました。

このように、「石渠」「東観」はともに漢代に由来する書庫・資料庫の名です。ここでは、唐代の文学館に、もう虞世南のようなすぐれた人物はいないというたとえとして使われています。

五、前轍を踏むな

かつて馬車が主な輸送や移動手段だったとき、舗装のされていない土の道には車輪の跡ができ、それを「轍《わだち》」と言いました。後から続く人が、その轍をそのまま進んでいくことを、「前轍《ぜんてつ》を踏む」あるいは「前車の轍を踏む」と呼び、前の人が犯した過ちを同じように繰り返す、という意味に使います。

では、唐の太宗たちにとって、その「前轍」とはなんだったのでしょうか。『貞観政要』では、はるか昔の失政の例として、夏の桀《けつ》や殷《いん》の紂《ちゅう》が取り上げられます。いずれも、民を苦しめた暴君で、亡国を招いた王の代表です。また、わずか二代十五年で滅んだ秦《しん》帝国も、失敗の代表格でしょう。始皇帝による天下統一は、厳しい「法治」と富国強兵の結果もたらされたものでした。二世皇帝の胡亥《こがい》は、宦官《かんがん》の趙高《ちょうこう》に殺され、秦はあっけなく滅亡してしまいます。いずれも、後世、反面教師として語り継がれていったのです。ただそれらにも増して強く意識されたのは、直前の「隋《ずい》」（五八一～六一八）でした。

それまで、中国は六朝《りくちょう》時代の乱世が長く続き、それをようやく統一したのが、隋の楊《よう》堅《けん》文帝でした。乱世にピリオドを打ったという点では評価されるのですが、この隋は、第二代の煬帝《ようだい》の時、農民反乱によってたちまち滅亡してしまいます。煬帝が人民の心情を無視して外征を繰り返し、土木工事に人々を駆り立てたからです。せっかくの統一王朝がわずか三十年あまりで瓦解《がかい》してしまう。それを直接自分の目で見たのが唐の太宗たちでした。隋の失敗こそは、二度と踏んではならない前轍だったのです。

樹木を植えるように

貞観九年、太宗がおそばに仕える臣下たちに言われた。「その昔、はじめて都を平定したとき、宮中の美女や珍しい財宝が、どの宮殿にも満ちあふれていた。それでも煬帝《ようだい》は不足だと考え、租税の取り立てをやめなかった。さらに東に西にと遠征し、兵力を使い尽くして無道の戦争によって武徳をけがした。人民は耐えきれず、ついに［隋は］滅亡したのである。これは私が実際に目にしたことだ。だから、朝早くから夜遅くまで熱心にはげみ、ただ心穏やかにして天下に事が起こらないよう願ったのである。そこでついに、力役の労働に駆り立てることなく、穀物は豊作となり、人民は安楽となることができたのだ。そもそも国を治めるのは、ちょうど樹木を植えるのと同じ。根もとが揺るがなければ枝葉は繁茂する。君主が心清らかであれば、人民はどうして安楽とならないことがあろうか」。

（政体）

貞観九年《じょうがんきゅうねん》、太宗《たいそう》侍臣《じしん》に謂《い》いて曰《いわ》く、「往昔《おうせき》初《はじ》めて京師《けいし》を平《たい》らぐるに、宮中《きゅうちゅう》の美女珍玩《びじょちんがん》、院《いん》として満《み》たざる無《な》し。煬帝《ようだい》は意《い》猶《な》お足《た》らずとし、徴求《ちょうきゅう》已《や》む無《な》し。兼《か》ねて東西《とうざい》に征討《せいとう》し、兵《へい》を窮《きわ》め武《ぶ》を黷《けが》す。百姓《ひゃくせい》堪《た》えず、遂《つい》に亡滅《ぼうめつ》を致《いた》す。此《こ》れ皆朕《みなちん》の目《め》に見《み》る所《ところ》なり。故《ゆえ》に夙夜《しゅくや》

貞観九年、太宗謂二侍臣一曰、「往昔初平二京師一、宮中美女珍玩、無二院不一レ満。煬帝意猶不レ足、徴求無レ已。兼東西征討、窮レ兵黷レ武。百姓不レ堪、遂致二亡滅一。此皆朕所二目見一。故

孜孜《しし》として、惟《た》だ清浄《せいじょう》にして天下《てんか》をして無事《ぶじ》ならしめんと欲《ほっ》す。遂《つい》に徭役興《ようえきおこ》らず、年穀豊《ねんこくほう》稔《じん》し、百姓安楽《ひゃくせいあんらく》なるを得《え》たり。夫《そ》れ国《くに》を治《おさ》むるは、猶《な》お樹《き》を栽《う》うるが如《ごと》し。本根揺《ほんこんゆる》がざれば則《すなわ》ち枝葉茂盛《しようもせい》す。君能《きみよ》く清浄《せいじょう》ならば、百姓《ひゃくせい》何《なん》ぞ安楽《あんらく》ならざるを得《え》んや」。

夙夜孜孜、惟欲㆔清浄使㆓天下無事㆒。遂得㆓徭役不㆑興、年穀豊稔、百姓安楽㆒。夫治㆑国、猶如㆑栽㆑樹。本根不㆑揺、則枝葉茂盛。君能清浄、百姓何得㆑不㆓安楽㆒乎」。

▼隋の滅亡は、決して外圧によるものではありませんでした。王の不徳が招いた自滅だったのです。最も肝心なのは、王という根元です。樹木と同じで、この根元がしっかりしていないと枝葉は茂っていかないのです。太宗は、この樹木のたとえを使って、隋の前轍を踏まぬと宣言したのです。

　太宗がこうした感情を懐《いだ》くに至ったのは、隋の惨状を目の当たりにしたからにほかなりません。都に進軍して宮殿に入ってみると、そこには美女と財宝が充満していたのです。それでも煬帝はまだ不足だとして、民から厳しく租税を取り立てたのでした。また、軍事遠征に民を駆り立てたのです。反乱がおこるのは、当然だったと言えましょう。

長城よりも賢良の士

太宗がおそばに仕える臣下たちに言われた。「隋の煬帝は、賢良《けんりょう》の士を精選して辺境を鎮撫《ちんぶ》するということを理解しなかった。ひたすら遠く長城《ちょうじょう》を築き、広く将士を駐屯させ、突厥《とっけつ》に備えた。知性の困惑は、ここに至っていたのである。私は今、李勣《りせき》に并州《へいしゅう》の統治を委任し、ついに突厥はその威に恐れて遠く逃れ、辺境の城塞《じょうさい》が安静となることができた。どうして数千里の長城に勝らないことがあろうか」。その後、并州に改めて大都督府《だいととくふ》を置き、また李勣をその長官とした。

（任賢）

太宗《たいそう》侍臣《じしん》に謂《い》いて曰《いわ》く、「隋《ずい》の煬帝《ようだい》、賢良《けんりょう》を精選《せいせん》して辺境《へんきょう》を鎮撫《ちんぶ》するを解《かい》せず。惟《た》だ遠《とお》く

太宗謂㆓侍臣㆒曰、「隋煬帝不㆑解㆘精㆓選賢良㆒、鎮㆗撫辺境㆖。

長城《ちょうじょう》を築《きず》き、広《ひろ》く将士《しょうし》を屯《とん》して、以《もっ》て突厥《とっけつ》に備《そな》う。而《しか》して情識《じょうしき》の惑《まど》い、一《いっ》に此《ここ》に至《いた》る。朕《ちん》、今《いま》李勣《りせき》に并州《へいしゅう》を委任《いにん》し、遂《つい》に突厥《とっけつ》威に畏《おそ》れて遠《とお》く遁《のが》れ、塞垣安静《さいえんあんせい》なるを得《え》たり。豈《あ》に数千里《すうせんり》の長城《ちょうじょう》に勝《まさ》らざるや」。其《そ》の後《ご》、并州《へいしゅう》改《あらた》めて大都督府《だいととくふ》を置《お》き、又勣《またせき》を以《もっ》て長史《ちょうし》と為《な》す。

惟遠築㆓長城㆒、広屯㆓将士㆒、以備㆓突厥㆒。而情識之惑、一至㆓於此㆒。朕今委㆓任李勣於并州㆒、遂得㆓突厥畏㆑威遠遁、塞垣安静㆒。豈不㆑勝㆓数千里長城㆒耶」。其後并州改置㆓大都督府㆒、又以㆑勣為㆓長史㆒。

▼古代中国のトラウマは、西北から攻めてくる異民族です。匈奴《きょうど》や突厥《とっけつ》がその代表でしょう。彼らは、騎馬軍団によってしばしば中国に侵入してきました。異民族対策は、どの王朝にとっても頭の痛い問題です。そこで、古く戦国時代から実施されたのは、長城の建設でした。国境の西北に防備のための城を作ったのです。これをつないで「万里の長城」としたのが、秦の始皇帝です。中国の国防意識を象徴する建築物となりました。その後も、この長城の修復・建設は繰り返されます。隋も例外ではありません。突厥の

秦始皇帝（『三才図会』）

万里の長城

侵入に備えて、煬帝《ようだい》は長城建設に奔走したのです。

大業《たいぎょう》三年（六〇七）には、百万人あまりを動員して長城建設にあたらせました。ただ、結局、国を守ってくれるのは、城ではなく、人なのです。そのことを忘れて煬帝は、ひたすら長城建設のみに頼ったのです。

そこで太宗は、この失敗を繰り返してはならないとして、名将李勣《りせき》（？～六六九）に并州《へいしゅう》を任せることとしました。并州とは、現在の山西省・河北省・内モンゴル自治区の一部にまたがる地で、北方防備の要《かなめ》とされる州でした。ここに李勣を置いたことで、太宗は、数千里の長城にも勝ると言っているのです。まさに「人は城」なのでしょう。

隋の煬帝に直言できない臣下

貞観二年、太宗がおそばに仕える臣下たちに言われた。「聡明な君主は自分の短所に思いを致して益々善良となり、暗愚な君主は短所をかばい隠そうとしてずっと愚者のままなのである。隋の煬帝は、みずから好んで誇り高ぶって、短所をかばい隠そうとしたから、まことに、［臣下が］その意に逆らって諫めるのは難しかった。［宰相の］虞世基《ぐせいき》があえて直言しなかったのも、あるいはそれほど重い罪としなくてもよいであろう。昔、［殷の］箕子《きし》が［紂《ちゅう》王に諫めても無駄だと悟り］乱心を装《よそお》って命をまっとうした。孔子もその仁徳を褒めている。では、煬帝が殺されたとき、虞世基はいっしょに死ぬべきだったのかどうか」。（求諫）

貞観二年《じょうがんにねん》、太宗《たいそう》侍臣《じしん》に謂《い》いて曰《いわ》く、「明主《めいしゅ》は短《たん》を思《おも》いて益々善《ますますぜん》に、暗主《あんしゅ》は短《たん》を護《まも》りて永《なが》く愚《ぐ》なり。隋《ずい》の煬帝《ようだい》、好《この》みて自《みずか》ら矜誇《きょうこ》し、短《たん》を

貞観二年、太宗謂二侍臣一曰、「明主思レ短而益善、暗主護レ短而永愚。隋煬帝、好自矜誇、

護《まも》り諫《かん》を拒《ふせ》ぎ、誠《まこと》に亦《ま》た実《じつ》に犯忤《はんご》し難《がた》し。虞《ぐ》世基《せいき》、敢《あえ》て直言《ちょくげん》せざるは、或《ある》いは恐《おそ》らくは未《いま》だ深罪《しんざい》と為《な》さざらん。昔《むかし》、箕子《きし》佯狂《ようきょう》して自《みずか》ら全《まっと》うす。孔子《こうし》亦《ま》た其《そ》の仁《じん》を称《しょう》す。煬帝《ようだいころ》殺さるるに及《およ》び、世基《せいき》は合《まさ》に同《おな》じく死《し》すべきや否《いな》や」。

護レ短拒レ諫、誠亦実難ニ犯忤一。虞世基不ニ敢直言一、或恐未レ為ニ深罪一。昔箕子佯狂自全。孔子亦称ニ其仁一。及ニ煬帝被レ殺、世基合ニ同死一否」。

▼テキストに少し混乱の見られる一節です。ここでは、隋の煬帝に仕えた宰相虞世基《ぐせいき》が取り上げられているのですが、その身の処し方を、はるか昔の殷《いん》の箕子《きし》と比べています。箕子は、紂《ちゅう》王の叔父にあたり、その非を諫めたものの聞き入れられず、これでは自分の身が危ういと感じて、乱心を装ったのでした。それにより死を免れて、後に周の武王に取り立てられています。ところが、ここの箕子を「微子《びし》」と記すテキストがあります。微子は殷末の忠臣で、同じく紂王を諫めましたが、やはり聞き入れられず、大切な祭器《さいき》を持って逃亡したと伝えられています。時代が同じで、いずれも諫諍が聞き入れられな

かったというシチュエーションが似ていたからでしょうか。『論語』微子篇に、「微子は之《これ》を去り、箕子は之が奴《ど》と為《な》り、比干《ひかん》は諫めて死す。孔子曰く、殷に三仁《さんじん》有り」と見えます。微子と箕子、そして、やはり殷末の忠臣で、紂を諫めたため胸を裂かれて殺されたという比干とが「三仁」(三人の仁者)とされているのです。この三人は、いずれも王を諫めたという点では同じでした。ただ、箕子と微子は、なんとか殺されずにすみ、比干は惨殺されたのです。では、隋の煬帝に諫言しなかった虞世基は、死ぬべきだったのかどうか、と太宗は問うているのです。

箕子(『古聖賢像伝略』)

実はこの発言。宇文化及《うぶんかきゅう》の乱を念頭に置いています。隋に仕えていた軍人宇文化及は、隋末の混乱に乗じて煬帝を殺し、みずから皇帝を名乗って許《きょ》を建国しました。大《たい》業《ぎょう》十四年(六一八)のことで、このとき虞世基も殺されたのです。はたして虞世基は、煬帝と命運をともにすべきだったのかどうか。この問いかけに対して臣下の杜如《とじょ》晦《かい》が答えるのが次の節です。

虞世基は煬帝と死ぬべきだった

杜如晦《とじょかい》がお答えして言った。「天子に諍臣《そうしん》（諫諍する臣下）がいれば、たとえ無道の天子であっても、天下を失うことはないだろう［と『孝経』にあります］。孔子も言っています。『実直であるなあ、史魚《しぎょ》（衛《えい》の大夫《たいふ》）は。邦に正しい道が行われているときにも矢のようにまっすぐで、邦に道が行われていないときにも矢のようにまっすぐだ（はばからずに諫言する）』。虞世基《ぐせいき》は、どうして、煬帝《ようだい》が無道だからといって、諫諍をしなくてよいということがありましょうか。とうとう口を閉ざして発言せずに、高い位に安住し、また辞職して引退を願うこともできなかったのは、箕子《きし》が乱心を装《よそお》って位を去ったのとは、道理がまったく異なります。昔、晋《しん》の恵帝《けいてい》と賈后《かこう》とが愍懐太子《びんかいたいし》を追放しようとしました。そのとき、司《し》空《くう》（三公《さんこう》の一つの重責）の張華《ちょうか》は、ついに苦言を呈して争うことができず、阿諛《あゆ》追従《ついしょう》して、批判にさらされることを免れました。その後、趙王倫《ちょうおうりん》が挙兵して、賈后を廃するに至り、使者を派遣して張華を捕らえさせました。張華が言うには、『太子を追放しようとした日、私は何も言わなかったわけではありません。ただ当時は言っても聞き入れてもらえなかったのです』。するとその使者は、『あなたは三公《さんこう》の位にある方です。太子が何の罪もなく追放されたのです。諫言して聞き入れられなかったのであれば、どうして引退しなかったのですか』と言いました。張華は何も答える言葉がありませんでした。［使者は］ついに張華を斬り、その親戚を皆殺しにしました。昔の人にこのような言葉があります。『危ういときに手をさしのべず、倒れたときに助け起こさないのであれば、どうして補佐役など用いる必要があろうか』。だから、君子は国の重大事に臨んでも、［心を］奪うことのできるような人ではないのです。張華は実直で節義を尽くすことができなかったばかりか、またへりくだって［職を退き］、身をまっとうすることもできず、王臣たる者の節義は、すっかり地に落ちてしまったのです。［この張華と同じで］虞世基は、宰相の地位にいて、諫言できる立場にありながら、ついにひとことの

諫諍もしなかったのです。まことに当然のことながら［煬帝と］一緒に死ぬべきだったのです」。（求諫）

杜如晦《とじょかい》対《こた》えて曰《いわ》く、「天子《てんし》に諍臣《そうしん》有《あ》れば、無《む》道《どう》と雖《いえど》も其《そ》の天下《てんか》を失《うしな》わず。仲尼《ちゅうじ》称《しょう》す、『直《ちょく》なるかな史魚《しぎょ》。邦《くに》に道有《みちあ》れば矢《や》の如《ごと》く、邦《くに》に道無《みちな》きも矢《や》の如《ごと》し』。世基《せいき》、豈《あ》に煬帝《ようだい》の無道《むどう》なるを以《もっ》て、諫諍《かんそう》を納《い》れざるを得《え》んや。遂《つい》に口《くち》を杜《とざ》して言《い》うこと無《な》く、重位《じゅうい》に偷安《とうあん》し、又《また》職《しょく》を辞《じ》し退《たい》を請《こ》う能《あた》わざるは、則《すなわ》ち箕子《きし》の佯《よう》狂《きょう》して去《さ》ると事理《じり》同《おな》じからず。昔《むかし》、晋《しん》の恵《けい》帝《てい》・賈后《かこう》、将《まさ》に愍懐太子《びんかいたいし》を廃《はい》せんとす。司空《しくう》張華《ちょうか》、竟《つい》に苦争《くそう》する能《あた》わず、阿意《あい》して苟《いやし》くも

杜如晦対曰、「天子有二諍臣一、雖二無道一不レ失二其天下一。仲尼称、『直哉史魚。邦有レ道如レ矢、邦無レ道如レ矢』。世基豈得下以二煬帝無道一、不上レ納二諫諍一。遂杜レ口無レ言、偷二安重位一、又不レ能二辞レ職請一レ退、則与二箕子佯狂而去一、事理不レ同。昔晋恵帝賈后、将レ廃二愍懐太子一。司空張華竟不レ能二苦争一。

免《まぬか》る。趙王倫《ちょうおうりん》、兵《へい》を挙《あ》げて后《こう》を廃《はい》するに及《およ》び、使《し》を遣《つか》わして華《か》を収《おさ》めしむ。華《か》曰《いわ》く、『将《まさ》に太子《たいし》を廃《はい》せんとするの日《ひ》、是《こ》れ言《い》う無《な》きに非《あら》ず。当時《とうじ》納《い》れ用《もち》いられず』。其《そ》の使《し》曰《いわ》く、『公《こう》は三公《さんこう》為《た》り。太子《たいし》罪《つみ》無《な》くして廃《はい》せらる。言《げん》既《すで》に従《したが》われずんば、何《なん》ぞ身《み》を引《ひ》きて退《しりぞ》かざる』。華《か》、辞《じ》の以《もつ》て答《こた》うる無《な》し。遂《つい》に之《これ》を斬《き》り、其《そ》の三族《さんぞく》を夷《たいら》ぐ。古人《こじん》云《い》うこと有《あ》り。『危《あやう》くして持《も》たず、顚《たお》るるも扶《たす》けずんば、則《すなわ》ち将《は》た焉《いずく》んぞ彼《か》の相《しょう》を用《もち》いん』。故《ゆえ》に君子《くんし》は大節《たいせつ》に臨《のぞ》みて奪《うば》うべからざるなり。張華《ちょうか》は既《すで》に抗直《こうちょく》にして節《せつ》を成《な》す能《あた》わず、遜言《そんげん》して身《み》を全《まっと》うするに足《た》らず、王臣《おうしん》の節《せつ》、固《もと》より已《すで》に墜《お》ちたり。

阿意苟免。及㆓趙王倫挙㆑兵廃㆑后、遣㆑使収㆑華。華曰、『将㆑廃㆓太子㆒日、非㆓是無㆑言。当時不㆑被㆓納用㆒』。其使曰、『公為㆓三公㆒。太子無㆑罪被㆑廃。言既不㆑従、何不㆓引㆑身而退㆒』。華無㆓辞以答㆒。遂斬㆑之、夷㆓其三族㆒。古人有㆑云、『危而不㆑持、顚而不㆑扶、則将焉用㆓彼相㆒』。故君子臨㆓大節㆒而不㆑可㆑奪也。張華既抗直不㆑能㆑成㆑節、遜言不㆑足㆑全㆑身、王臣之節、固已墜矣。虞世基

虞世基《ぐせいき》、位《くらい》は宰輔《さいほ》に居《お》り、言《げん》を得《う》るの地《ち》に在《あ》り、竟《つい》に一言《いちげん》の諫諍《かんそうな》無し。誠《まこと》に亦《ま》た合《まさ》に死《し》すべし」。

位居㆓宰輔㆒、在㆓得㆑言之地㆒、竟無㆓一言諫諍㆒。誠亦合㆑死」。

▼杜《と》如晦《じょかい》（五八五〜六三〇）は、太宗の重臣。はじめ隋に仕えたのですが、唐の高祖李《り》淵《えん》が長安を占拠すると、太宗李世民の臣下であった房玄齢《ぼうげんれい》の推薦により、任用されることになりました。その房玄齢の推薦の言葉に、「杜如晦は聡明で見識にすぐれている」「（太宗が）諸侯で満足されるのなら、彼を用いる場はないでしょう。しかし天下を治めようとされるなら、彼でなければ他に人材はありません」と見えます（『貞観政要』任賢篇）。特に、政務決裁の能力にすぐれていたとされます。「貞観の治」は、この杜如晦と房玄齢の支えがあったから実現したといっても過言ではないのです。

さて、その杜如晦の答えは、明瞭でした。虞世基は、当然のことながら煬帝と一緒に死ぬべきだったというのです。その理由は、宰相の地位にいて、諫言できる立場にありながら、ついにひとことの諫諍もしなかったというものです。これは、次のような事実を踏まえています。大業《たいぎょう》十二年（六一六）、煬帝が御幸しようとしたとき、虞世基は、反乱が起こっているので不測の事態に備えるべきだと進言しましたが、聞き入れられませんでした。天下の混乱に際しても、煬帝は臣下の諫言を聴かないばかりか、諫諍する重臣たちを相次いで殺していったのです。これでは自分も同じように殺されると思った虞世基は、その後、諫諍はもちろんのこと、煬帝の気に障《さわ》るような報告さえもしなくなりました。

こうした虞世基の行動を、杜如晦は、晋の張華《ちょうか》を引き合いに出して厳しく批判しています。張華は、臣下の最高位である三公の位にありながら、諫諍することなく、阿諛追従《あゆついしょう》したのです。その地位にある者が職責を果たさず、諫諍もしないままに、国を衰退させる。その結果を追及されると、「言っても聞き入れてもらえなかったから言わなかったのだ」という自己弁護。それなら、どうして辞職しなかったのかと責められ、張華は何も答える言葉がありませんでした。処刑は当然の結果だったのです。虞世基も同じ。自己保身に努め、口を閉ざした罪はきわめて重いのです。

六、後継者をどう養成するか

『貞観政要』の主題の一つ「創業か守成か」(第二章参照)と関わって、後継者の養成という課題も議論されています。「守成」を実現するのは、後継者です。皇帝がいかにすぐれた人物であっても、その世継ぎが不出来であれば、創業の努力は水の泡となってしまうでしょう。具体的には、皇太子をどう教育し、次の天子として養成していくのかという問題でした。

古代中国では、王位の継承には、大きく分けて二つの形態がありました。一つは世襲《せしゅう》。もう一つが禅譲《ぜんじょう》です。世襲は文字通り、代々嫡男《ちゃくなん》が位を襲《おそ》う(受け継ぐ)こと。これに対して禅譲は、子孫ではなく、血縁関係のない有徳者に位を譲ることです。その代表例は、古代の聖王堯《ぎょう》・舜《しゅん》・禹《う》。堯が舜に禅譲し、また舜が禹に禅譲したのです。儒家の理想とする王位継承形態でした。しかし、夏《か》王朝の禹は禅譲せず、二代目以降は世襲となります。歴史の実情から言っても、圧倒的に多いのは世襲です。そしてこの唐王朝も、李氏による世襲によって王位が継承されていったのです。

この世襲の場合、最大の問題点は、世継ぎが必ずしも有徳者ではないということです。あるいは、親の遺伝子を受け継いで、十分な素質があるのに、生まれながらの王族であることに気をよくして、堕落してしまいがちなことです。太宗も、この点に大いに頭を悩ませたのでした。

皇太子と諸王の分限

貞観十六年、太宗がおそばに仕える臣下たちに言われた。「現在、国家で最も急務とすることはなんであろうか。それぞれ私のために言ってくれ」。尚書右僕射《しょうしょうぼくや》の高士廉《こうしれん》が言った。「人民を養うことが最大の急務です」。黄門侍郎《こうもんじろう》の劉洎《りゅうき》が言った。「四方の異民族を鎮撫《ちんぶ》することが最大の急務です」。中書侍郎《ちゅうしょじろう》の岑文本《しんぶんぽん》が言った。「伝（『論語』為政篇）にこうあります。『道徳で民を導き、礼で民を整える』と。これによって申し上げれば、礼義を最大の急務とします」。諫議大夫《かんぎたいふ》の褚遂《ちょすい》良《りょう》が言った。「今日、四方の民は［天子の］徳を仰いでおり、あえて非をなす者などおりましょうか。ただ、太子と諸王については、必ず一定の分限《ぶんげん》があるべきです。陛下、万世に通ずる法を策定し、それを子孫に遺《のこ》されるべきです。これこそ目下で最も急務とすべきことです」。（論太子諸王定分）

貞観十六年《じょうがんじゅうろくねん》、太宗《たいそう》侍臣《じしん》に謂《い》いて曰《いわ》く、「当今国家《とうこんこつか》何事《なにごと》か最《もっと》も急《きゅう》なり。各々我《おのおのわれ》の為《ため》に之《これ》を言《い》え」。尚書右僕射《しょうしょうぼくや》高士《こうし》廉《れん》曰《いわ》く、「百姓《ひゃくせい》を養《やしな》うこと最《もっと》も急《きゅう》なり」。黄門侍郎《こうもんじろう》劉洎《りゅうき》曰《いわ》く、「四夷《しい》を撫《ぶ》すること最《もっと》も急《きゅう》なり」。中書侍郎《ちゅうしょじろう》岑文本《しんぶんぽん》曰《いわ》く、「伝《でん》に称《しょう》す、『之《これ》を道《みちび》くに徳《とく》を以《もっ》てし、之《これ》を斉《ととの》うるに礼《れい》を以《もっ》てす』と。斯《こ》れに由《よ》りて言《い》えば、礼義《れいぎ》もて急《きゅう》と為《な》す」。諫議大夫《かんぎたいふ》褚遂《ちょすい》

貞観十六年、太宗謂㆓侍臣㆒曰、「当今国家何事最急。各為㆑我言㆑之」。尚書右僕射高士廉曰、「養㆓百姓㆒最急」。黄門侍郎劉洎曰、「撫㆓四夷㆒最急」。中書侍郎岑文本曰、「伝称、『道㆑之以㆑徳、斉㆑之以㆑礼』。由㆑斯而言、礼義為㆑急」。諫議大

良曰《りょういわ》く、「即日四方徳《そくじつしほうとく》を仰《あお》ぎ、誰《たれ》か敢《あえ》て非《ひ》を為《な》さん。但《た》だ太子《たいし》・諸王《しょおう》は、須《すべか》らく定分有《ていぶんあ》るべし。陛下宜《へいかよろ》しく万代《ばんだい》の法《ほう》を為《つく》りて、以《もっ》て子《し》孫《そん》に遺《のこ》すべし。此《こ》れ最《もっと》も当今《とうこん》の急《きゅう》と為《な》す」。

夫褚遂良曰、「即日四方仰レ徳、誰敢為レ非。但太子・諸王、須レ有二定分一。陛下宜下為二万代法一、以遺中子孫上。此最為二当今之急一」。

高士廉（「凌煙閣功臣図」）

▽刻下の急務は何かという太宗の問に対して、四人の臣下が答えています。高士廉《こうしれん》は人民の救済。劉洎《りゅうき》は異民族対策。岑文本《しんぶんぽん》は礼制の整備。いずれも重要な指摘ですが、意表を突くのは、諫議大夫《かんぎたいふ》の褚遂良《ちょすいりょう》の答えです。皇太子と諸王に一定の分限を設け、それを法として示し、後世に残す、ということです。これは、太宗の年齢と諸子の多さとに留意したものでしょう。この問答が交わされたのは貞観十六年（六四二）。この年、

太宗（五九七〜六四九）は四十五歳。そろそろ晩年にさしかかろうかという年です。長男の李承乾《りしょうけん》は、すでに皇太子として東宮《とうぐう》に住んでいましたが、諸弟《しょてい》や諸子《しょし》は四十人近くもいたのです。彼らの処遇を誤ると、国家転覆につながると褚遂良は憂慮したのでしょう。

四人の臣下の答えに対して、このあと実は、太宗は次のように反応しています。褚遂良の発言が一番宜しいと。その理由はやはり、自身の体力と気力の衰え。そして異母弟や諸子の多さです。歴史を振り返ると、皇太子と異母弟に善良な人物がいなかったとき、国家は必ず転覆しています。そこで太宗は、具体的な二つの指示を出しました。一つは、知恵もあり人格もすぐれた人物を探し出して、皇太子の補佐役につけること。もう一つは、諸王に仕える者を長期任用してはならず、最長四年までにするということ。これは、長く仕えると主君びいきになって目がくらみ、よからぬ野望をいだく恐れがあるからなのでしょう。

皮肉なのは、歴史の現実でした。こうした太宗の憂いにもかかわらず、皇太子承乾《しょうけん》の素行は乱れ、ついに謀反を企てるに至ります。この翌年、承乾は廃位され、黔州《けんしゅう》（現在の貴州省）に流刑となりました。

太子の教育係

貞観八年、太宗がおそばに仕える臣下たちに言われた。「上智《じょうち》の人は、自然に［悪い環境に］染まるようなことはない。ただ、中智《ちゅうち》の人（普通の人）は一定したものがなく、教育によってどのようにでも変化する。ましてや、太子の師保《しほ》（教育係）は、古《いにしえ》から適任者を選ぶのを難しいとしている。［周の］成王《せいおう》が幼少のとき、周《しゅう》公と召《しょう》公が教育係となり、左右の臣下もみな賢人で、毎日、正しい教訓を聞いたので、それによって仁を高め徳を益して、聖君《せいくん》となることが十分にできた。［逆に］秦の胡亥《こがい》は、趙高《ちょうこう》を任用して教育係としたが、［趙高はもっぱら］刑法を教えた。胡亥が始皇帝の後を継いで即位すると、功績のある臣下を誅《ちゅう》し、親族を殺し、残酷な暴虐はやむことがなかった。そこで、あっという間に滅んでしまった。これにより、人の善悪は誠に近習《きんしゅう》（おそば近くに仕えている臣下）次第だということが分かるのである。私は今、太子・諸王のために、教育係を精選し、礼儀制度を見本とするようにさせて、効果があるようにさせたい。公らは、正《せい》直《ちょく》で忠信《ちゅうしん》の人物を捜し求め、それぞれ二三人ずつを推薦せよ」。　（論尊師傅）

貞観八年《じょうがんはちねん》、太宗《たいそう》侍臣《じしん》に謂《い》いて曰《いわ》く、「上智《じょうち》の人《ひと》、自《おのず》から染《そ》まる所無《ところな》し。但《た》だ中智《ちゅうち》の人《ひと》は恒《つね》無《な》く、教《おし》えに従《したが》いて変《へん》ず。況《いわ》んや太子《たいし》の師保《しほ》は、古《いにしえ》より其《そ》の選《せん》を難《かた》しとす。成王幼小《せいおうようしょう》なるとき、周召《しゅうしょう》、保傅《ほふ》と為《な》り、左右皆賢《さゆうみなけん》、日《ひ》に雅《が》訓《くん》を聞《き》き、以《もっ》て仁《じん》を長《ちょう》じ徳《とく》を益《えき》し、聖君為《せいくんた》らしむるに足《た》る。秦《しん》の胡亥《こがい》は、趙高《ちょうこう》を用《もち》いて傅《ふ》と作《な》し、教《おし》うるに刑法《けいほう》を以《もっ》てす。其《そ》の位《くらい》を嗣《つ》ぐに及《およ》びて、功臣《こうしん》を誅《ちゅう》し、親族《しんぞく》を殺《ころ》し、酷暴《こくぼう》已《や》まず。踵《くびす》を旋《めぐ》らして亡《ほろ》ぶ。故《ゆえ》に人《ひと》の善悪《ぜんあく》は

貞観八年、太宗謂㆓侍臣㆒曰、「上智之人、自無㆑所㆑染。但中智之人無㆑恒、従㆑教而変。況太子師保、古難㆓其選㆒。成王幼小、周召為㆓保傅㆒、左右皆賢、日聞㆓雅訓㆒、足㆘以長㆑仁益㆑徳、使㆖為㆓聖君㆒。秦之胡亥、用㆓趙高㆒作㆑傅、教以㆓刑法㆒。及㆓其嗣㆑位、誅㆓功臣㆒、殺㆓親族㆒、酷暴不㆑已。旋㆑踵

誠《まこと》に近習《きんしゅう》に由《よ》るを知《し》る。朕《ちん》、今《いま》、太子《たいし》・諸王《しょおう》の為《ため》に、師傅《しふ》を精選《せいせん》し、其《そ》れをして礼度《れいど》を式《しょく》瞻《せん》し、裨益《ひえき》する所有《ところあ》らしめん。公等《こうら》、正直《せいちょく》忠信《ちゅうしん》なる者《もの》を訪《と》い、各々三両人《おのおのさんりょうにん》を挙《あ》ぐべし」。

而亡。故知三人之善悪、誠由二近習一。朕今為二太子諸王一、精二選師傅一、令下其式二瞻礼度一、有上所二裨益一。公等可下訪二正直忠信者一、各挙中三両人上」。

▽篇名では「師傅《しふ》」、本文中では「師保《しほ》」や「保傅《ほふ》」とありますが、いずれにしても天子や太子の教育係のことです。これがいかに大切か。それを、周の第二代の王成王《せいおう》（武王の子）と秦の二世皇帝胡亥《こがい》（始皇帝の子）を対照させながら論じています。

冒頭にいう「上智（知）」とは、『論語』に見える言葉です。「唯だ上知と下愚《かぐ》とは移らず」（陽貨《ようか》篇）。生まれつきの天才とどうしようもない愚者は、環境や教育によっても変わらないというのです。しかしこれは例外で、ほとんどの人間は、「中智」。教えによって、良くも悪くも変わっていくのです。だから、太宗は、皇太子・諸王の教育係が大切だと認識し、具体的な指示を出したのです。正直でまごころのある人物を各自二三人ずつ推挙するようにと。

胎教だけが太子教育ではない

貞観十八年、太宗がおそばに仕える臣下たちに言われた。「昔は世継ぎに胎教《たいきょう》を行うことがあった。私にはその余裕がなかった。ただ、近ごろ皇太子を立てたので、ことあるごとに必ず教え諭すようにしている。食事に臨んでまさに飯を食べようとするとき、『おまえはこの飯を知っているか』。答えて言うには、『知りません』。そこで言った。『およそ農業の艱難辛苦《かんなんしんく》は、みな農民の力によるのだ。民の農業の時を奪わないからこそ、常にこの飯を食べることができる』。また馬に乗るのを見て、こう言った。『おまえは馬を知っているか』。『知りません』。『馬は人間の労苦に代わってくれるものである。時おり休ませて、その力を出し尽くさないようにすれば、常に馬があるのだ』。また舟に乗るのを見て、こう言った。『おまえは舟を知っているか』。『知りません』。『舟は人君にたとえるものだ。水は万民にたとえるものだ。水は舟を載《の》せることができるが、一方ではまた舟を転覆させることもできる。おまえは君主である。このことに恐れ慎まなければならない』。また曲がった木の下で休んでいるのを見て、こう言った。『おまえはこの木を知っているか』。『知りません』。『この木は曲がっているが、墨縄《すみなわ》を当てて切ればまっすぐになる。人君となって仮に無道であったとしても、臣下の諫《いさ》めを聞き入れれば、聖人《せいじん》となれる。これは［殷《いん》の高宗《こうそう》に仕えた］傅説《ふえつ》の言葉である。これをみずから手本としなければならない』」。

（教誡太子諸王）

貞観十八年《じょうがんじゅうはちねん》、太宗《たいそう》侍臣《じしん》に謂《い》いて曰《いわ》く、「古《いにしえ》は世子《せいし》に胎教《たいきょう》すること有《あ》り。朕《ちん》は則《すなわ》ち暇《いとま》あらず。但《た》だ近《ちか》ごろ太子《たいし》を建立《けんりつ》するより、物《もの》に遇《あ》えば必《かなら》ず誨諭《かいゆ》する有《あ》り。其《そ》の食《しょく》に臨《のぞ》みて将《まさ》に飯《はん》せんとするを見《み》て謂《い》いて曰《いわ》く、『汝《なんじ》、飯《はん》を

貞観十八年、太宗謂二侍臣一曰、「古有三胎二教世子一。朕則不レ暇。但近自三建二立太子一、遇レ物必有二誨諭一。見二其臨レ食将一レ飯、謂曰、『汝知レ飯乎』。対曰、

知《し》るか』。対《こた》えて曰《いわ》く、『知《し》らず』。曰《いわ》く、『凡《およ》そ稼穡《かしょく》の艱難《かんなん》は、皆人力《みなじんりょく》に出《い》ず。其《そ》の時《とき》を奪《うば》わざれば、常《つね》に此《こ》の飯有《はんあ》り』。其《そ》の馬《うま》に乗《の》るを見《み》て、又謂《またい》いて曰《いわ》く、『汝《なんじ》、馬《うま》を知《し》るか』。対《こた》えて曰《いわ》く、『知《し》らず』。曰《いわ》く、『能《よ》く人《ひと》の労《ろう》苦《く》に代《か》わる者《もの》なり。時《とき》を以《もっ》て消息《しょうそく》し、其《そ》の力《ちから》を尽《つ》くさざれば、則《すなわ》ち以《もっ》て常《つね》に馬有《うまあ》るべきなり』。其《そ》の舟《ふね》に乗《の》るを見《み》て、又謂《またい》いて曰《いわ》く、『汝《なんじ》、舟《ふね》を知《し》るか』。対《こた》えて曰《いわ》く、『知《し》らず』。曰《いわ》く、『舟《ふね》は人君《じんくん》に比《ひ》する所以《ゆえん》。水《みず》は黎庶《れいしょ》に比《ひ》する所以《ゆえん》。水《みず》は能《よ》く舟《ふね》を載《の》せ、亦《ま》た能《よ》く舟《ふね》を覆《くつがえ》す。爾《なんじ》は方《まさ》に人主為《じんしゅた》り。畏懼《いく》せざるべけんや』。其《そ》の曲木《きょくぼく》の下《もと》に休《やす》むを見《み》て、又謂《またい》い

『不レ知』。曰、『凡稼穡艱難、皆出二人力一。不レ奪二其時一、常有二此飯一』。見二其乗レ馬、又謂曰、『汝知レ馬乎』。対曰、『不レ知』。曰、『能代二人労苦一者也。以レ時消息、不レ尽二其力一、則可二以常有一レ馬也』。見二其乗レ舟、又謂曰、『汝知レ舟乎』。対曰、『不レ知』。曰、『舟所三以比二人君一。水所三以比二黎庶一。水能載レ舟、亦能覆レ舟。爾方為二人主一。可レ不二畏懼一』。見三其休二於曲木之下一、又謂曰、

て曰《いわ》く、『汝《なんじ》、此《こ》の樹《き》を知《し》るか』、対《こた》えて曰《いわ》く、『知《し》らず』。曰《いわ》く、『此《こ》の木《き》は曲《ま》がると雖《いえど》も縄《じょう》を得《う》れば則《すなわ》ち正《ただ》し。人君《じんくん》為《た》りて無道《むどう》と雖《いえど》も、諫《いさ》めを受《う》くれば、則《すなわ》ち聖《せい》なり。此《こ》れ傅説《ふえつ》の言《い》う所《ところ》。以《もっ》て自《みずか》ら鑑《かんが》みるべし』」。

『汝知㆓此樹㆒乎』。対曰、『不㆑知』。曰、『此木雖㆑曲、得㆑縄則正。為㆓人君㆒雖㆓無道㆒、受㆑諫則聖。此傅説所㆑言。可㆓以自鑑㆒』」。

▼儒教と胎教《たいきょう》は深い関係にあります。漢代の『新書《しんじょ》』胎教篇や『大戴礼記《だたいらいき》』保傅《ほふ》篇に、胎教の様子が記されています。子供が母親の胎内にいるときに正しい礼にかなった音楽を聴かせることが説かれているのです。もともとは、「青史氏《せいしし》」の記録に基づくそうです。『漢書』に収録された図書目録である「芸文志《げいもんし》」によると、かつて「青史氏」五十七篇があり、「古史官《こしかん》の記事」だったそうです。今はこの本自体は伝わっていないのですが、『新書』や『大戴礼記』がその一部を取り上げているのです。それによれば、王の皇后の胎教は、妊娠七ヶ月から行われるとのことです。

今でも、妊婦が心静まるクラシック音楽を聴いたり、適度な運動をすることが推奨されています。科学的に実証されているのではないとしても、胎教が子供に与える影響はあるのでしょう。

この胎教について、太宗は、その余裕がなかったと述べています。その代わりに、ことあるごとに、皇太子に教え諭したというのです。食事、馬、舟、木。すべてのものが教材となります。特に最後の、曲がった木でも墨縄《すみなわ》をあてればまっすぐに切れるというのは、諫諍の大切さを表すものとして重要です。『貞観政要』では、この墨縄の比喩《ひゆ》が何度か登場します。

ところが、残念なことに、こうした太宗の教育も、皇太子の承乾《しょうけん》には効果がありませんでした。彼は教育係の諫めを聞き入れず、素行が乱れていったのです。最後は、廃《はい》嫡《ちゃく》され、流刑に処せられました。親の心子知らず、といったところでしょう。

諷諫と犯諫

貞観中に、太子の承乾《しょうけん》はしばしば礼節《れいせつ》と法度《ほうど》を逸脱し、ほしいままに贅沢《ぜいたく》するのが日増しにはなはだしくなった。太子の左庶子《さしょし》の于志寧《うしねい》は『諫苑《かんえん》』という書二十巻を編纂《へんさん》して、太子を諷諫《ふうかん》（文書によってそれとなく諫めること）した。このとき、太子の右庶子《ゆうしょし》の孔穎達《くようだつ》は常に、［承乾が］機嫌を損ねるのもかまわず諫めを行った。承乾の乳母《うば》の遂安《すいあん》夫人は、孔穎達に言った。「太子はもう成人しているのです。どうしてしばしば面と向かってしかりつけることがあって良いでしょうか」。［孔穎達は］答えて言った。「私は国の厚い恩を受けております。［諫諍《かんそう》して］死んだとて恨むことはありません」。諫諍はいよいよ厳しくなった。承乾は、『孝経義疏《こうきょうぎそ》』を編纂させたが、孔穎達は、その文章によって意見を述べ、一層、諫諍の道を広めた。太宗は二人（于志寧・孔穎達）をお褒めになり、それぞれ帛五百匹と黄金一斤を下賜し、太子の承乾の気持ちを励まされた。（規諫太子）

貞観中《じょうがんちゅう》、太子承乾数々《たいししょうけんしばしば》礼度《れいど》を虧《か》き、侈縦日《ししょうひ》に甚《はなはだ》し。太子《たいし》の左庶子《さしょし》于志寧《うしねい》、諫苑《かんえん》二十巻《じっかん》を

貞観中、太子承乾数虧㆓礼度㆒、侈縦日甚。太子左庶子于志寧、

撰《せん》して之《これ》を諷《ふう》す。是《こ》の時《とき》、太子《たいし》の右庶子《ゆうしょし》孔《く》穎《よう》達《だつ》、毎《つね》に顔《かお》を犯《おか》して進諫《しんかん》す。承乾《しょうけん》の乳母《にゅうぼ》遂安《すいあん》夫人《ふじん》 穎達《ようだつ》に謂《い》いて曰《いわ》く、「太子《たいし》成長《せいちょう》す。何《なん》ぞ宜《よろ》しく屢々《しばしば》面折《めんせつ》するを得《う》べきか」。対《こた》えて曰《いわ》く、「国《くに》の厚恩《こうおん》を蒙《こうむ》る。死《し》して恨《うら》む所無《ところな》し」。諫諍《かんそう》 愈《いよいよ》 切《せつ》なり。承乾《しょうけん》、孝経義疏《こうきょうぎそ》を撰《せん》せしめ、穎達《ようだつ》又《また》文《ぶん》に因《よ》りて意《い》を見《しめ》し、愈《いよいよ》規諫《きかん》の道《みち》を広《ひろ》む。太宗《たいそう》並《なら》びに之《これ》を嘉納《かのう》し、各々《おのおの》帛五百匹《はくごひゃくひき》・黄金一斤《おうごんいっきん》を賜《たま》い、以《もっ》て承乾《しょうけん》の意《い》を励《はげ》ます。

撰二諫苑二十巻一諷レ之。是時太子右庶子孔穎達、毎犯レ顔進諫。承乾乳母遂安夫人謂二穎達一曰、「太子成長。何宜三屢得二面折一」。対曰、「蒙二国厚恩一。死無レ所レ恨」。諫諍愈切。承乾令レ撰二孝経義疏一、穎達又因レ文見レ意、愈広二規諫之道一。太宗並嘉二納之一、各賜二帛五百匹・黄金一斤一、以励二承乾之意一。

▼皇太子の侍従《じじゅう》官として、「太子左庶子」と「太子右庶子」が置かれていました。いず

れも、太子の教育係で、儀式や政務の指導がその任務です。ここに登場する左庶子の于《う》志寧《しねい》は、もと文学館学士。右庶子の孔穎達《くようだつ》（五七四〜六四八）は中国文化史に必ず登場する著名人で、魏徴《ぎちょう》とともに『隋書』を編纂し、また、顔師古《がんしこ》らとともに『五経正義《ごきょうせいぎ》』を著した学者です。ここでは二人とも、太子承乾《しょうけん》を諌めています。ただ、その方法が少し異なっていました。于志寧は、『諌苑《かんえん》』という本を編纂し、それによって間接的に穏やかに諌め、一方の孔穎達は、面と向かって激しく諌諍したのです。言わば諷諌《ふうかん》と犯諌《はんかん》の違いです。どちらの方法がよいということではなく、太宗は、その両者を褒めています。

狩猟の礼

貞観十三年、太子の右庶子《ゆうしょし》の張玄素《ちょうげんそ》は、太子の承乾《しょうけん》が遊猟《ゆうりょう》ざんまいで学問をしないので、書を奉って言った。「私は聞いております。『皇天《こうてん》は特定の人を親しむのではありません。ただ徳のある者を助けるのです』。かりそめにも天道に違反すれば、人も神もともに見捨てるでしょう。しかしながら、昔の狩猟の礼は、殺すことを教えようとするものではなく、人民のために害を除こうとするものでした。だから［殷《いん》の］湯《とう》王は、［四方の網《あみ》を解いて］一面だけに網を張り、それによって天下は湯王の徳に帰服したのです。ところが今、苑内《えんない》（鳥獣を放し飼いにする庭）で狩猟を楽しまれるのは、野山での狩猟とは名こそ違え、もしこれを際限なく行えば、最後は正しい法度《ほうど》を欠くことになりましょう」。（規諫太子）

貞観十三年《じょうがんじゅうさんねん》、太子《たいし》の右庶子《ゆうしょし》張玄素《ちょうげんそ》、承乾《しょうけん》の頗《すこぶ》る遊畋《ゆうでん》を以《もっ》て学《がく》を廃《はい》するを以《もっ》て、上書《じょうしょ》して諫《いさ》めて曰《いわ》く、「臣聞《しんき》く、『皇天《こうてん》は親《した》しむ無《な》し。惟《た》だ徳《とく》を是《こ》れ輔《たす》く』。苟《いやし》くも天道《てんどう》に違《たが》えば、人神同《じんしんとも》に棄《す》つ。然《しか》れども古《いにしえ》の三駆《さんく》の礼《れい》は、殺《さつ》を教《おし》えんと欲《ほっ》するに非《あら》ず、将《まさ》に百姓《ひゃくせい》の為《ため》に害《がい》

貞観十三年、太子右庶子張玄素、以㆘承乾頗以㆓遊畋㆒廃㆖学、上書諫曰、「臣聞、『皇天無㆑親。惟徳是輔』。苟違㆓天道㆒、人神同棄。然古三駆之礼、非㆑欲㆑教㆑殺。将㆘為㆓百姓㆒除㆖害。

を除《のぞ》かんとす。故《ゆえ》に湯《とう》は一面《いちめん》に羅《あみ》し、天下《てんか》仁《じん》に帰《き》す。今《いま》、苑内猟《えんないりょう》を娯《たの》しむは、名《な》は遊畋《ゆうでん》に異《こと》なりと雖《いえど》も、若《も》し之《これ》を行《おこな》いて恒無《つねな》ければ、終《つい》に雅度《がど》を虧《か》かん」。

故湯羅㆓一面㆒、天下帰㆑仁。今苑内娯㆑猟、雖㆔名異㆓遊畋㆒、若行㆑之無㆑恒、終虧㆓雅度㆒」。

▼ここに「遊畋《ゆうでん》」とあります。「遊」は外にふらふら出歩くこと、「畋」は狩猟の意です。もとは「田」と書きました。狩猟は、古来、戦争の技術を磨く重要な訓練とされています。単に動物を捕るのが目的ではありません。しかし、いずれにしても、狩りは人の心を高揚させ、また時に狂わせます。

　太子の李承乾が狩猟ざんまいになったのを見て、右庶子の張玄素が諫めます。その言葉「皇天《こうてん》は親しむ無し。惟《た》だ徳を是《こ》れ輔《たす》く」は『書経』の引用。天は、ただ徳のある人物を助けるという意味です。

　また、「湯《とう》は一面に羅《あみ》し、天下仁《じん》に帰《き》す」というのは、『史記』に記される故事。殷の湯王が狩猟の際、四方の内の三方の網を外したのは、それが動物をことごとく狩るのが目的ではなかったからです。その湯王の仁なる行動を見て、天下の人々は殷に帰服したと伝えられています。張玄素は、こうした言葉や故事によって太子を諫めたのです。

七、人を選ぶ

人を得る。それは、口で言うほど簡単なことではありません。自分が求めている逸材を、多くの人の中から選び出すことは、ほとんど運命的な出会いとしか言いようがないほど難しいのではないでしょうか。適任の人を選んだつもりでも期待外れ。はじめはよかったが、徐々に本性が現れてきて役に立たない。役に立たないばかりか、組織に混乱や害をもたらす。そんな残念な人もいるのです。

唐は、隋を滅ぼして王朝を樹立しました。「貞観の治」を実現した太宗が最も力を入れたのは、人を選ぶということです。太宗自身、そして、太子を支えてくれる人材をいかに選び、確保していくか。そこに苦心したのです。『貞観政要』には、人を選ぶという課題に答えてくれる「論択官《ろんたくかん》」という篇があります。ここから、太宗の考えた、人を選ぶコツを紹介してみましょう。

時代の中から人を選ぶ

貞観二年、太宗が尚書右僕射《しょうしょうぼくや》の封徳彝《ほうとくい》に言われた。「国に平安をもらたす根本は、ただ人を得るかどうかにかかっている。このごろ、賢人を推挙するよう公に命じたが、いまだに一人の推薦もない。天下の政事は重大である。公は、私の憂いと心労を負担すべきである。公が言わないのであれば、私は、いったい誰を頼りにすれば良いのか」。［封徳彝が］お答えして言った。「私はどうして気持ちを尽くさないことがありましょうか。ただ、私の見るところ、奇才《きさい》・異能《いのう》（ぬきんでた格別の才能）の者がいないのです」。太宗が言われた。「前代のすぐれた王は、人を使うこと器《うつわ》のごとくであった（器量に応じて使った）。才能あるものを別の時代から借りたのではなく、みな人材をその時代から採ったのである。どうして、［殷《いん》の高宗《こうそう》が］傅説《ふえつ》を夢に見、［周《しゅう》の文王《ぶんおう》が］太公望呂尚《たいこうぼうりょしょう》に出会うのを待つようにして、その後で政治を行うなどということがあろうか。また、どの時代でも賢者がいないということはなかろう。ただ、それを見逃して知らないということを心配するのである」。封徳彝は、恥じて赤面しながら退出した。

（論択官）

貞観二年《じょうがんにねん》、太宗《たいそう》 尚書右僕射《しょうしょうぼくや》封徳彝《ほうとくい》に謂《い》いて曰《いわ》く、「安《やす》きを致《いた》すの本《もと》は、惟《た》だ人《ひと》を得《う》るに在《あ》り。比来《このごろ》、卿《けい》に命《めい》じて賢《けん》を挙《あ》げしむるに、未《いま》だ嘗《かつ》て推薦《すいせん》する所有《ところあ》らず。天下《てんか》の事《こと》は重《おも》し。卿宜《けいよろ》しく朕《ちん》の憂労《ゆうろう》を分《わ》かつべし。卿既《けいすで》に言《い》わざれば、朕将《ちんは》た安《いず》くにか寄《よ》せん」。対《こた》えて曰《いわ》く、「臣愚《しんぐ》豈《あ》に敢《あえ》て情《じょう》を尽《つく》さざらんや。但今《ただいま》見《み》る所《ところ》、未《いま》だ奇才《きさい》・異能有《いのうあ》らず」。太宗曰《たいそういわ》く、「前代《ぜんだい》の明王《めいおう》、人《ひと》を使《つか》うこと器《うつわ》の如《ごと》し。才《さい》を異代《いだい》に借《か》りず、皆士《みなし》を当時《とうじ》に取《と》る。豈《あ》に傅説《ふえつ》を夢《ゆめ》み、呂尚《りょしょう》に逢《あ》うを待《ま》つを得《え》て、然《しか》る後《のち》に

貞観二年、太宗謂二尚書右僕射封徳彝一曰、「致レ安之本、惟在レ得レ人。比来命レ卿挙レ賢、未二嘗有一レ所二推薦一。天下事重。卿宜レ分二朕憂労一。卿既不レ言、朕将安寄」。対曰、「臣愚豈敢不レ尽レ情。但今所レ見、未レ有二奇才異能一」。太宗曰、「前代明王、使レ人如レ器。不レ借二才於異代一、皆取二士於当時一。豈得レ待下夢二傅説一、逢中呂尚上、然

政《まつりごと》を為《な》さんや。且《か》つ何《なん》の代《だい》か賢《けん》無《な》からん。但《た》だ遺《のこ》して知《し》らざるを患《うれ》うるのみ」。徳彝《とくい》慚《ざん》赧《たん》して退《しりぞ》く。

後為レ政乎。且何代無レ賢。但患ニ遺而不レ知耳」。徳彝慚赧而退。

▼才能ある人を見つけ出すのは、確かに難しいことです。だからと言って、殷の高宗が夢に傅説《ふえつ》を見て、後日、土木工事をしていた人足の中にその人を探し出したという故事や、周の文王が、渭水《いすい》でつりをしていた太公望呂尚にめぐりあったという特殊な故事をまねする必要はないのです。

その時代の中から人を選ぶということ。つまり、ぼんやりと遠くに何かを求めるのではなく、その時代、まずは身近なところに着目して、人を探すということです。遠くにすぐれた人が隠れているとは限りません。すぐ近くにいるかもしれないのです。問題は、人がいるかいないかではなく、それを見逃さないようにするということでしょう。

太公望呂尚（『歴代古人像賛』）

選ぶ人の目が試されるのです。

身の丈に合った職務を

貞観二年、太宗が房玄齢《ぼうげんれい》と杜《と》如晦《じょかい》に言われた。「公は僕射《ぼくや》（尚書省《しょうしょしょう》の次官。事実上の宰相）である。私の憂いと心労を助け、耳や目を広く開いて、優秀な人材を探し求めるべきである。このごろ聞けば、公らは訴訟事を受け付けること、一日に数百件もあるという。これでは文書を読むだけでもまったく暇がない。どうして、私を助けて賢人を求めることなどできようか」。そこで、尚書省に命じて、細々《こまごま》とした事務はみな左右丞《さゆうじょう》（尚書省の事務官）に託し、ただ滞っている冤罪《えんざい》のうち、天子に上奏すべきものだけを、僕射《ぼくや》に関与させるようにした。（論択官）

貞観二年《じょうがんにねん》、太宗《たいそう》房玄齢《ぼうげんれい》・杜《と》如晦《じょかい》に謂《い》いて曰《いわ》く、「公《こう》は僕射《ぼくや》為《た》り。当《まさ》に朕《ちん》の憂労《ゆうろう》を助《たす》け、

貞観二年、太宗謂㆓房玄齢・杜如晦㆒曰、「公為㆓僕射㆒。当㆘

耳目《じもく》を広開《こうかい》し、賢哲《けんてつ》を求訪《きゅうほう》すべし。此《このごろ》聞《き》く、公等《こうら》辞訟《じしょう》を聴受《ちょうじゅ》すること、日《ひ》に数百《すうひゃく》有《あ》りと。此《こ》れ則《すなわ》ち符牒《ふちょう》を読《よ》むに暇《いとま》あらず。安《いずく》んぞ能《よ》く朕《ちん》を助《たす》けて賢《けん》を求《もと》めんや」。因《よ》りて尚書省《しょうしょしょう》に勅《みことのり》し、細務《さいむ》は皆左右丞《みなさゆうじょう》に付《ふ》し、惟《た》だ冤滞《えんたい》の大事《だいじ》、合《まさ》に聞奏《ぶんそう》すべき者《もの》のみ、僕射《ぼくや》に関《かん》せしむ。

助二朕憂労一、広二開耳目一、求中訪賢哲上。此聞、公等聴二受辞訟一、日有二数百一。此則読二符牒一不レ暇。安能助レ朕求レ賢哉」。因勅二尚書省一、細務皆付二左右丞一、惟冤滞大事、合二聞奏一者、関二於僕射一。

▽「僕射《ぼくや》」というのは、尚書省の次官です。ただ、唐代では、その長官である尚書令が任命されなかったので、この僕射が事実上の宰相でした。前の節に出てきたように、左右の僕射が置かれました。なぜ、この官名に「射」の字がついているかというと、もともと、弓の名手を天子の側近としてあてたことにちなみます。唐代では、もちろん文官です。

ともかく、ここで、房玄齢《ぼうげんれい》・杜如晦《とじょかい》という二人の僕射が太宗に叱られています。それは、彼らが僕射の位にふさわしくない雑務に時間を取られているからでした。訴訟事の処理という小役人がすればよいような仕事を全部抱えて肝心の仕事ができていません。そこで太宗は、尚書省に命じて、彼らの負担を軽減したのです。優秀な人材を探し求めるという僕射本来の仕事ができるように。

自薦は信用しない

貞観十三年、太宗がおそばに仕える臣下たちに言われた。「私は聞いている。太平の後には、必ず大乱があり、大乱の後には、必ず太平があると。大乱の後［となる今］は、これこそ太平の巡り合わせである。天下の安定は、ただ賢人を得られるかどうかにかかっている。公らは、賢人を知ることができず、私もまた、もれなく知ることはできない。日一日［と過ぎていくのに］、人を得る方法がない。そこで今、人に自薦《じせん》させようと考えた。この事をどう思うか」。魏徴《ぎちょう》がお答えして言った。「他人を知ることができるのは知性、自分自身を知ることができるのは明察です。他人を知ることはそれ自体すでに難しいことです。自分自身を知ることは、実にまた容易ではありません。さらに、暗愚《あんぐ》の人は、みな自分の才能や善行を誇りがちです。「自薦させれば」おそらくは澆競《ぎょうきょう》（乱れ競う）の風《ふう》を助長することでしょう。自薦させるべきではありません」。（論択官）

貞観十三年《じょうがんじゅうさんねん》、太宗《たいそう》侍臣《じしん》に謂《い》いて曰《いわ》く、「朕《ちん》聞《き》く、太平《たいへい》の後《のち》、必《かなら》ず大乱有《たいらんあ》り。大乱《たいらん》の後《のち》、必《かなら》ず太平有《たいへいあ》り。大乱《たいらん》の後《のち》は、即《すなわ》ち是《こ》れ太平《たいへい》の運《うん》なり。能《よ》く天下《てんか》を安《やす》んずる者《もの》は、惟《た》だ賢才《けんさい》を得《う》るに在《あ》り。公等《こうら》既《すで》に賢《けん》を知《し》る能《あた》わず。朕《ちん》又偏《またあまね》く識《し》るべからず。日復《ひま》た一日《いちじつ》、人《ひと》を得《う》るの理無《りな》し。今人《いまひと》をして自《みずか》ら挙《あ》げしめんと欲《ほっ》す。事《こと》に於《お》いて何如《いかん》」。魏徴対《ぎちょうこた》えて曰《いわ》く、「人《ひと》を知《し》る

貞観十三年、太宗謂二侍臣一曰、「朕聞、太平後、必有二大乱一。大乱後、必有二太平一。大乱之後、即是太平之運也。能安二天下一者、惟在レ得二賢才一。公等既不レ能レ知レ賢。朕又不レ可二偏識一。日復一日、無二得レ人之理一。今欲レ令二人自挙一。於レ事

者《もの》は智《ち》、自《みずか》ら知《し》る者《もの》は明《めい》。人《ひと》を知《し》ること既《すで》に以《もっ》て難《かた》しと為《な》す。自《みずか》ら知《し》ること誠《まこと》に亦《ま》た易《やす》からず。且《か》つ愚暗《ぐあん》の人《ひと》、皆能《みなのう》に矜《ほこ》り善《ぜん》に伐《ほこ》る。恐《おそ》らくは澆競《ぎようきよう》の風《ふう》を長《ちよう》ぜん。其《そ》の自《みずか》ら挙《あ》げしむべからず」。

何如」。魏徴対曰、「知レ人者智、自知者明。知レ人既以為レ難。自知誠亦不レ易。且愚暗之人、皆矜レ能伐レ善。恐長ニ澆競之風一。不レ可レ令ニ其自挙一」。

▽太宗は、人を得る方法として、「自薦」を思いつきました。我こそはと思う者はみずから名乗り出よというわけです。ところが、魏徴は反対しました。他人を知ることは難しいが、自分自身を知ることはもっと難しいというのです。確かに、この時代、乱世は一旦終息したとはいっても、まだまだどうなるかわからない世情。自薦を認めれば、分をわきまえない者どもが、自画自賛で殺到するでしょう。自薦は、手軽に人を選ぶことのできる手段です。ただ、その落とし穴にも注意しなければなりません。

八、儒学を尊ぶ

理念のない政治は、いずれ行き詰まるでしょう。個々の政策や施策の基盤として、政治思想という理念が必要です。唐王朝が規範として仰いだのは、周や漢でした。特に後《ご》漢《かん》は経学《けいがく》（儒教経典に関する学問）全盛の時代。五経博士《ごきょうはかせ》が置かれ、『詩経』『書経』『礼記』『易』『春秋』といった経典が尊重されていたのです。『論語』や『孝経』も必読の書でした。しかし、後漢以降、三国六朝から隋の混乱期には、この儒学が衰退していきます。唐王朝が目指したのは、儒教国家の復活です。太宗は、そのための具体的な手段として、儒学にすぐれた人材の登用や、孔子廟《こうしびょう》の整備に代表される儒学振興を実行しました。

今の政治の劣る原因

貞観二年、太宗が黄門侍郎《こうもんじろう》の王珪《おうけい》に問うて言われた。「近代の君臣による国家統治が、ほとんどの場合、昔に劣っているのはどうしてか」。［王珪が］お答えして言った。「古《いにしえ》の帝王が政治を行う際には、みなその志《こころざし》は清らかで静かなことをたっとび、人民の心をわが心としました。［これに対して］近代はただ人民をそこない、おのれの欲望を満足させ、また任用する大臣も、経術《けいじゅつ》の士（儒学に精通した人物）ではありませんでした。漢代の宰相は、みな一つの経書に精通していました。もし朝廷に疑問のあるできごとがあれば、みな経書の言葉を引用して、決裁していたのです。これにより人々は礼儀による教えを理解し、政治は太平の世を実現したのです。近代は武を重んじて儒学を軽視し、あるいは法律［重視の方針］を取り入れているものもあります。儒学による行いはすっかり欠け、世の中の純朴な気風は大いに破壊されてしまいました」。太宗はその言葉に深くうなずかれた。これより、百官の中で、学業優秀で、かつ政治の要諦《ようてい》を知るものがあれば、多くその職階をあげ、しばしば抜擢《ばってき》された。

（政体）

貞観二年《じようがんにねん》、太宗《たいそう》 黄門侍郎《こうもんじろう》王珪《おうけい》に問《と》いて曰《いわ》く、「近代《きんだい》の君臣《くんしん》の国《くに》を理《おさ》むること、多《おお》く前古《ぜんこ》に劣《おと》れるは何《なん》ぞや」。対《こた》えて曰《いわ》く、「古《いにしえ》の帝王《ていおう》の政《まつりごと》を為《な》すは、皆《みな》 志《こころざし》 清静《せいせい》を尚《たつと》び、百姓《ひやくせい》の心《こころ》を以《もつ》て心《こころ》と為《な》す。近代《きんだい》は則《すなわ》ち唯《た》だ百姓《ひやくせい》を損《そこな》い、以《もつ》て其《そ》の欲《よく》に適《かな》わしめ、任用《にんよう》する所《ところ》の大《だい》臣《じん》、復《ま》た経術《けいじゆつ》の士《し》に非《あら》ず。漢家《かんか》の宰相《さいしよう》は、一《いつ》経《けい》に精通《せいつう》せざるは無《な》し。朝廷《ちようてい》に若《も》し疑事《ぎじ》有《あ》れば、皆経《みなけい》を引《ひ》きて決定《けつてい》す。是《こ》れに由《よ》りて人《ひと》は礼教《れいきよう》を識《し》り、理《り》太平《たいへい》を致《いた》す。近代《きんだい》は武《ぶ》を重《おも》んじて儒《じゆ》を軽《かろ》んじ、或《ある》いは参《まじ》うるに法律《ほうりつ》を以《もつ》てす。儒行《じゆこう》既《すで》に虧《か》け、淳風《じゆんぷう》大《おお》いに壊《こわ》る」。太宗《たいそう》深《ふか》く其《そ》の言《げん》を然《しか》りとす。此《こ》れより百官中《ひやつかんちゆう》、

貞観二年、太宗問二黄門侍郎王珪一曰、「近代君臣理レ国、多劣二於前古一何也」。対曰、「古之帝王為レ政、皆志尚二清静一、以二百姓之心一為レ心。近代則唯損二百姓一、以適二其欲一、所二任用一大臣、復非二経術之士一。漢家宰相、無レ不三精二通一経一。朝廷若有二疑事一、皆引レ経決定。由レ是人識二礼教一、理致二太平一。近代重レ武軽レ儒、或参以二法律一。儒行既虧、淳風大壊」。太宗深然二其言一。自レ

学業優長《がくぎょうゆうちょう》にして兼《か》ねて政体《せいたい》を識《し》る者有《ものあ》れば、多《おお》く其《そ》の階品《かいひん》を進《すす》め、累《しき》りに遷擢《せんたく》を加《くわ》う。

此百官中、有下学業優長、兼識二政体一者上、多進二其階品一、累加二遷擢一焉。

▼今の政治が古《いにしえ》に劣る原因として、任用された大臣が経術《けいじゅつ》の士（儒学に精通した人物）でなかった点が指摘されています。政治家は、もちろん政治のプロでなければなりません。ただその前に、儒学を修めた有徳の人物でなければならないとしているのです。それは、人徳をたっとび、人民を大切にする政治につながるからです。

なお、ここで太宗の質問に答えている王珪は、「黄門侍郎」でした。門下省《もんかしょう》の副長官で、天子の詔勅《しょうちょく》を審議するのが任務。もともとは、天子の勅命《ちょくめい》を伝達する官職でした。かつて天子の宮殿（禁門）は、黄色に塗られていたことから、「黄門」と呼ばれ、そこにお仕えする官、すなわち「侍郎」が「黄門侍郎」と呼ばれるようになったのです。また、日本では、中納言（太政官の次官）がこれに相当する官位とされ、略して「黄門」と呼ばれました。水戸の中納言の徳川光圀《みつくに》が「水戸黄門」の名で通っているのはそのためです。

仁義を根本とする政治

貞観元年、太宗が言われた。「私が古来の帝王を見るところ、仁義を根本として政治を行う者は、国の福運も長い。しかし法に任せて人を統制する者は、一時的に弊害を救うことはできても、滅亡もすぐにやってくる。前代の王の立派な業績を見れば、元亀《げんき》（模範）とするに十分である。今、もっぱら仁義と誠信《せいしん》を根本として政治を行おうと思う。［それにより］近代の澆薄《ぎょうはく》（人情が軽薄になっている風潮）を改めたいと願う」。

（論仁義）

貞観元年《じょうがんがんねん》、太宗《たいそう》曰《いわ》く、「朕《ちん》 古来《こらい》の帝王《ていおう》を看《み》るに、仁義《じんぎ》を以《もっ》て治《ち》を為《な》す者《もの》は、国祚延長《こくそえんちょう》なり。法《ほう》に任《にん》じて人《ひと》を御《ぎょ》する者《もの》は、弊《へい》を一時《いちじ》に救《すく》うと雖《いえど》も、敗亡《はいぼう》も亦《ま》た促《せま》る。既《すで》に前王《ぜんおう》の成事《せいじ》を

貞観元年、太宗曰、「朕看二古来帝王一、以二仁義一為レ治者、国祚延長。任レ法御レ人者、雖レ救二弊於一時一、敗亡亦促。既

見《み》れば、元亀《げんき》と為《な》すに足《た》る。今《いま》、専《もっぱ》ら仁義誠《じんぎせい》信《しん》を以《もっ》て治《ち》を為《な》さんと欲《ほっ》す。近代《きんだい》の澆薄《ぎょうはく》を革《あらた》めんと望《のぞ》むなり」。

見二前王成事一、足レ為二元亀一。今欲下専以二仁義誠信一為上レ治。望レ革二近代之澆薄一也」。

▼貞観元年に太宗が発したとされる言葉。それは、仁義を根本とする政治の大切さでした。念頭にあったのは、周や漢。そして秦でしょうか。仁義を基盤として数百年のながきを誇った周王朝や漢帝国。それに対して、仁義を捨て、厳格な法治で天下を統一したものの、わずか十五年で滅亡した秦。そのあざやかな対比は、歴史の教訓とするには十分です。

武器よりも仁義

貞観四年、房玄齢《ぼうげんれい》が奏上して言った。「今、武庫《ぶこ》を点検したところ、武器の数は隋の時代よりもはるかに勝《まさ》っております」。太宗が言われた。「武器を整えて戦《いくさ》に備えるのは、重要な事ではあるが、しかしながら、私は公らに、心を政道にとどめ、務めて忠義と貞節をつくし、人民を安楽にさせるよう願う。これこそが私の武器である。隋の煬帝は、どうして武器が足らなかったために滅亡に至ったと言えようか。まさに仁義の心を修めずして、下々の者が恨み背いたせいで滅亡に至ったものである。この心を十分に理解し、常に徳義によって私を輔佐せよ」。

（論仁義）

貞観四年《じようがんよねん》、房玄齢《ぼうげんれい》奏《そう》して言《い》う、「今《いま》、武庫《ぶこ》を閱《み》るに、甲仗隋日《こうじようずいじつ》に勝《まさ》ること遠《とお》し」。太宗曰《たいそういわ》く、「兵《へい》を飭《ととの》えて寇《こう》に備《そな》うるは、是《こ》れ要事《ようじ》なりと雖《いえど》も、然《しか》れども朕《ちん》は唯《た》だ卿等心《けいらこころ》を理道《りどう》に存《そん》し、務《つと》めて忠貞《ちゆうてい》を尽《つ》くし、百姓《ひやくせい》をして安楽《あんらく》ならしめんことを欲《ほつ》す。便《すなわ》ち是《こ》れ朕《ちん》の甲仗《こうじよう》な

貞観四年、房玄齢奏言、「今閱二武庫一、甲仗勝二隋日一遠矣」。太宗曰、「飭レ兵備レ寇、雖二是要事一、然朕唯欲下卿等存二心理道一、務尽二忠貞一、使中百姓安楽上。便是朕之甲仗。隋煬帝、

り。隋《ずい》の煬帝《ようだい》は、豈《あ》に甲仗《こうじょう》足《た》らざるが為《ため》に、以《もっ》て滅亡《めつぼう》に至《いた》らんや。正《まさ》に仁義《じんぎ》修《おさ》めずして、群下《ぐんか》怨《うら》み叛《そむ》くに由《よ》るが故《ゆえ》なり。宜《よろ》しく此《こ》の心《こころ》を識《し》り、常《つね》に徳義《とくぎ》を以《もっ》て相輔《あいたす》くべし」。

豈為二甲仗不一レ足、以至二滅亡一。正由二仁義不一レ修、而群下怨叛一故也。宜下識二此心一、常以二徳義一相輔上」。

▼孫子の兵法が生まれたとされる春秋時代の終わり頃、戦争の規模は格段に増大し、各国の保有戦力は、数十万という単位に達しました。戦国時代を象徴する大規模な戦争「長平《ちょうへい》の戦い」は、紀元前二六〇年、秦《しん》が趙《ちょう》に勝利したもので、その際、秦の将軍白起《はっき》は、趙の捕虜四十万人を穴埋めにして殺したと伝えられています。秦はその後、号して「百万」の軍隊を擁し、天下を統一したのです。その軍事力をもってしても内部崩壊を防ぐことはできませんでした。秦はわずか十五年で滅びます。隋も同じです。煬帝が仁義の心を尊ばず、人心が離れていったために滅亡してしまいました。大切なのは、武器の数ではありません。為政者が仁義の心を持っているかどうかなのです。

儒学の振興

貞観二年、詔《みことのり》を発して、周公旦《しゅうこうたん》を先聖《せんせい》とするのを停止し、はじめて孔子の廟堂《びょうどう》を国学《こくがく》（国都の学校）に建て、古いしきたりを調べてそのやり方に従い、仲尼《ちゅうじ》（孔子）を先聖《せんせい》とし、［孔子の愛弟子《まなでし》の］顔回《がんかい》を先師《せんし》とし、お供えする祭器《さいき》や舞楽《ぶがく》の全容が、ここにはじめて備わった。この年、大いに天下の儒士《じゅし》（儒学に秀でた人物）を探し出して招き、帛《はく》（絹）を与え駅伝に支給して、上京させ、順序次第によらず抜擢し、朝廷に参列する者が非常に多かった。学生で一つの経書（『礼記』『左伝』など）以上に通じている者は、みな官吏として任用された。国学は、学舎の増築が四百余間《しひゃくよけん》におよび、国子学《こくしがく》（貴族の子弟や秀才を教育した国立学校）や太学《たいがく》（国子学に次ぐ高貴な身分の師弟を教育する首都の学校）・四門学《しもんがく》（国子学の四方の門の所に建てられた一般の学生のための学校）・広文館《こうぶんかん》もそれぞれ定員を増やした。また、書や算数にも、それぞれ博士と学生を置き、さまざまな芸術にも備えた。

（崇儒学）

貞観二年《じょうがんにねん》、詔《みことのり》して周公《しゅうこう》を先聖《せんせい》と為《な》すを停《とど》め、始《はじ》めて孔子《こうし》の廟堂《びょうどう》を国学《こくがく》に立《た》て、旧典《きゅうてん》に稽式《けいしき》し、仲尼《ちゅうじ》を以《もっ》て先聖《せんせい》と為《な》し、顔子《がんし》を先師《せんし》と為《な》し、辺豆干戚《へんとうかんせき》の容《よう》、始《はじ》めて兹《ここ》に備《そな》わる。是《こ》の歳大《としおお》いに天下《てんか》の儒士《じゅし》を徴《め》し、帛《はく》を賜《たま》い伝《でん》に給《きゅう》し、京師《けいし》に詣《いた》らしめ、擢《ぬき》んずるに不次《ふじ》を以《もっ》てし、布《し》きて廊廟《ろうびょう》に在《あ》る者甚《ものはなは》だ衆《おお》し。学生《がくせい》の一大経《いちだいけい》に通《つう》ずる已上《いじょう》は、咸吏《みなり》に署《しょ》するを得《う》。国学《こくがく》、学舎《がくしゃ》を増築《ぞうちく》すること四百余間《しひゃくよけん》、国子《こくし》・太学《たいがく》・四門《しもん》・広文《こうぶん》も亦《ま》た生員《せいいん》を増置《ぞうち》す。其《そ》の書算《しょさん》、各々博士《おのおのはかせ》・学生《がくせい》を置《お》き、以《もっ》て衆芸《しゅうげい》を備《そな》う。

貞観二年、詔停三周公為二先聖一、始立二孔子廟堂於国学一、稽二式旧典一、以二仲尼一為二先聖一、顔子為二先師一、辺豆干戚之容、始備二于兹一矣。是歳大徴二天下儒士一、賜レ帛給レ伝、令レ詣二京師一、擢以二不次一、布在二廊廟一者甚衆。学生通二一大経一已上、咸得レ署レ吏。国学増二築学舎一、四百余間、国子・太学・四門・広文亦増二置生員一。其書算各置二博士・

学生一、以備二衆芸一。

▽孔子をまつる廟を孔子廟と言います。孔子の生まれ故郷、中国山東省曲阜《きょくふ》にある孔子廟は世界遺産に登録されています。台湾にも日本にも韓国にも孔子廟があります。いずれの場合も、その最も重要な建物が「大成殿《たいせいでん》」で、ここに孔子がまつられています。そして、孔子像の左右には、「四配《しはい》」。四配とは、孔子とともにまつられている四人の聖賢《せいけん》で、具体的には、孔子の弟子の顔回《がんかい》、孔子の孫の子思《しし》、孔子の弟子の曾子《そうし》、そして、性善説で有名な孟子《もうし》です。太宗は、孔子廟を整備し、お供えする祭器や舞楽についても形式を定めたのです。そればかりではありません。儒学に秀でた人物を探し出して招聘《しょうへい》し、優遇しました。儒教の振興を具体的な施策として実行したわけです。

曲阜孔子廟大成殿

孔子廟への配享

［貞観］二十一年、［太宗は］詔《みことのり》を発して、言われた。「左丘明《さきゅうめい》・卜子夏《ぼくしか》・公羊高《くようこう》・穀梁赤《こくりょうせき》・伏勝《ふくしょう》・高堂生《こうどうせい》・戴聖《たいせい》・毛萇《もうちょう》・孔安国《こうあんこく》・劉向《りゅうきょう》・鄭衆《ていしゅう》・杜子春《としゅん》・馬融《ばゆう》・盧植《ろしょく》・鄭玄《じょうげん》・服虔《ふくけん》・何休《かきゅう》・王粛《おうしゅく》・王弼《おうひつ》・杜預《どよ》・范甯《はんねい》ら二十一人は、みなその著書を用いて、国学に教えを垂れている。すでにその道を行っているのであるから、道理として褒め称えなければならない。今後、太学《たいがく》で祭事があるときには、［彼らを］孔子の廟堂《びょうどう》に配享《はいきょう》（一緒にまつること）せよ」。［太宗が］儒学を尊び道を重んずるさまは、このようであった。

（崇儒学）

二十一年《にじゅういちねん》、詔《みことのり》して曰《いわ》く、「左丘明《さきゅうめい》・卜子《ぼくし》夏《か》・公羊高《くようこう》・穀梁赤《こくりょうせき》・伏勝《ふくしょう》・高堂生《こうどうせい》・戴聖《たいせい》・毛萇《もうちょう》・孔安国《こうあんこく》・劉向《りゅうきょう》・鄭衆《ていしゅう》・杜子春《とししゅん》・馬融《ばゆう》・

二十一年、詔曰、「左丘明・卜子夏・公羊高・穀梁赤・伏勝・高堂生・戴聖・毛萇・孔

盧植《ろしゆく》・鄭玄《じょうげん》・服虔《ふくけん》・何休《かきゆう》・王粛《おうしゆく》・王弼《おうひつ》・杜《ど》預《よ》・范甯等《はんねいら》二十有一人《にじゆうゆういちにん》は、並《なら》びに其《そ》の書《しょ》を用《もち》い、国冑《こくちゆう》に垂《た》る。既《すで》に其《そ》の道《みち》を行《おこな》えば、理合《りまさ》に褒崇《ほうすう》すべし。今《いま》より太学《たいがく》に事有《ことあ》れば、並《なら》びに尼父《じふ》の廟堂《びようどう》に配享《はいきよう》すべし」。其《そ》の儒《じゆ》を尊《とうと》び道《みち》を重《おも》んずること此《か》くの如《ごと》し。

安国・劉向・鄭衆・杜子春・馬融・盧植・鄭玄・服虔・何休・王粛・王弼・杜預・范甯等二十有一人、並用二其書一、垂二於国冑一。既行二其道一、理合二褒崇一。自レ今有レ事二於太学一、可三並配二享尼父廟堂一」。其尊レ儒重レ道如レ此。

▽貞観二年に孔子廟を整備した太宗は、二十一年、続いて配享を制定します。配享とは、主神（孔子廟の場合はもちろん孔子）とともに他の神をまつることです。その数は二十一人にのぼりました。すべて儒学で名をあげた人です。簡単に紹介しておきましょう。

・左丘明……春秋時代の魯《ろ》の史官。『春秋左氏伝』『国語』の著者とされる。

・卜子夏……春秋時代の魏《ぎ》の学者。姓名は卜商。子夏と字《あざな》する。孔門十哲の一人。特に文学に秀でていた。

・公羊高……戦国時代の斉《せい》の学者。『春秋公羊伝《くようでん》』の著者とされる。

・穀梁赤……戦国時代の魯の学者。『春秋穀梁伝《こくりようでん》』の著者とされる。

・伏勝……漢代初期の儒者。秦の始皇帝の焚書坑儒《ふんしょこうじゅ》の際、『尚書《しょうしょ》』を壁に塗り込めて後世に伝えようとした。

・高堂生……前漢初期の礼学の大家。三礼の一つ『儀礼《ぎらい》』を後世に伝えた。

・戴聖……前漢の学者。礼学の大家。叔父の戴徳《たいとく》を「大戴《だいたい》」というのに対して、「小戴《しょうたい》」と呼ばれた。その編纂にかかる『小戴礼』四十九篇がすなわち現在の『礼記《らいき》』。

・毛萇……漢代の魯の学者。複数の系統があった『詩』の内、毛亨《もうこう》・毛萇が注を付けた『毛詩《もうし》』と呼ばれるテキストを伝えた。これが現在の『詩経』。

・孔安国……前漢の学者。孔子十一世の孫にあたる。武帝の時、孔子の旧宅の壁中から発見された古文《こぶん》（秦漢時代以前の古い文字）のテキストを解読。その内の『尚書《しょうしょ》』に注釈を付け、『古文尚書』として伝えられた。

・劉向……前漢末の学者（前七七～前六）。文献に精通し、宮中の蔵書整理・校訂と目録の作成を行い、目録学の祖とされる。著書に、『列女伝《れつじよでん》』『新序《しんじよ》』『説苑《ぜいえん》』など。

・鄭衆……後漢時代の政治家（?～八三）・学者。古文の読解にすぐれ、特に三礼の一つ『周礼《しゆらい》』に注釈を付けた。

・杜子春……後漢時代の学者。『周礼』に通じ、その学を鄭衆に伝えたとされる。

・馬融……後漢時代の学者（七九～一六六）。経学に通じて「通儒《つうじゆ》」と称され、多くの経典に注を付けた。鄭玄の師。

・盧植……後漢時代末期の学者（?～一九二）。鄭玄とともに馬融に学んだ。三礼の一つ『礼記』に注を付けた。

・鄭玄……後漢時代末期の学者（一二七～二〇〇）。『周礼』『儀礼』『礼記』の三礼や『詩経』『論語』などにすぐれた注釈を付けた。後漢時代を代表する経学者。

・服虔……後漢時代末期の学者。『春秋左氏伝』や『漢書』に注を付けた。

・何休……後漢時代の学者（一二九～一八二）。儒教経典に詳しく、特に『春秋公羊伝』に精通し、その注釈を付けた（『春秋公羊伝解詁《かいこ》』）。

・王粛……三国時代の魏《ぎ》の学者（一九五～二五六）。後漢時代の鄭玄に対抗して、経書に注を付けた。また『孔子家語《こうしけご》』に注を付けた（あるいは『孔子家語』そのものを偽作した）とされる。
・王弼……三国時代の魏の学者（二二六～二四九）。儒家と道家の学に通じ、『周易』『老子』に注を付けた。
・杜預……西晋《せいしん》の政治家・学者（二二二～二八四）。『春秋左氏伝』に最も精通し、その注釈・研究として、『春秋経伝集解《けいでんしっかい》』『左伝釈例《しゃくれい》』がある。
・范甯……西晋の学者（三三九～四〇一）。儒学による教化に努め、著に『春秋穀梁伝集解』がある。

五経正義の成立

太宗はまた、儒学に流派が多く、経書の解釈が煩雑となっているので、顔師古《がんしこ》に詔《みことのり》して、国子祭酒《こくしさいしゅ》の孔穎達《くようだつ》らの儒者たちと、五経《ごきょう》の注釈を撰定《せんてい》させた。全部で百八十巻あり、これを名づけて『五経正義《ごきょうせいぎ》』と呼び、国学《こくがく》に授けて施行させた。

（崇儒学）

太宗《たいそう》、又儒学《またじゆがく》に門多《もんおお》く、章句繁雑《しようくはんざつ》なるを以《もつ》て、師古《しこ》に詔《みことのり》して国子《こくし》祭酒《さいしゆ》孔穎達《くようだつ》等《ら》諸儒《しよじゆ》と、五《ご》経《きよう》の疏《そ》義《ぎ》を撰定《せんてい》せしむ。凡《すべ》て一百八十巻《いちひやくはちじつかん》、名《な》づけて五経正義《ごきようせいぎ》と曰《い》い、国学《こくがく》に付《ふ》して施行《しこう》す。

太宗又以㆓儒学多㆒レ門、章句繁雑㆒、詔㆓師古㆒与㆓国子祭酒孔穎達等諸儒㆒、撰㆓定五経疏義㆒。凡一百八十巻、名曰㆓五経正義㆒、付㆓国学㆒施行。

▼漢代に儒教が国学として指定されると、やがて学派の対立が生じました。最も著名なのは、今古《きんこ》文《ぶん》論争。基本的に支持するテキストが今文《きんぶん》（漢代通行の隷書《れいしよ》で書かれているもの）か古文《こぶん》（秦の始皇帝が文字統一する以前の古い文字で書かれているもの）かの対立です。また、三国時代を経て六朝《りくちよう》期になると、北朝と南朝とで解釈の大きな違いが生じていました。

そこで太宗は、孔穎達らに命じて、経書の注釈の統一を図ったのです。貞観十六年（六四二）に編纂が終了し、その後、高宗《こうそう》（第三代皇帝、在位六四九～六八三）の永徽《えいき》四

顔師古（『三才図会』）

孔穎達（『三才図会』）

年（六五三）に頒布されました。これにより、科挙を受験する学生たちは、この『五経正義』を国家指定の正統テキストとして学ぶことになります。その内訳を紹介しておきましょう。

・『周易正義』……魏の王弼《おうひつ》と晋の韓康伯《かんこうはく》の注を主とする。

・『尚書正義』……前漢の孔安国《こうあんこく》の伝（実際は仮託されたもの）を主とする。

・『毛詩正義』……前漢の毛亨《もうこう》・毛萇《もうちょう》の伝と後漢の鄭玄《じょうげん》の箋《せん》を主とする。

・『礼記正義』……前漢の戴聖《たいせい》の『小戴礼記《しょうたいらいき》』、後漢の鄭玄の注を主とする。

・『春秋正義』……『春秋左氏伝』と杜預《どよ》

の『春秋経伝集解《けいでんしっかい》』を主とする。

なお、ここで孔穎達の官名とされる「国子祭酒」とは、国子監《こくしかん》の長官を意味します。唐代では、都の長安に、国立の教育機関として、国子学《こくしがく》（博士二名・助教二名・五経博士五名・学生三百名）・太学《たいがく》（博士三名・助教三名・学生五百名）・四門学《しもんがく》（博士三名・助教三名・学生五百名）などが置かれ、それらを統括する行政機関が国子監でした。祭酒とは、もともと宴会を催すときに、地位が高い最年長の人がまず酒を供えて神をまつったことから、年齢・人徳の高い人、そして組織の長を表すようになったものです。

九、言葉と行動に責任を持つ

一度発した言葉はとりかえせません。言葉は人を戒め、勇気づけますが、また一方では、他人と自分を深く傷つけることもあります。庶民の間でもそうなのですから、皇帝となればなおさらです。たった一言が国の命運を左右することもあるでしょう。太宗は、隋の煬帝の失敗を教訓に、この言葉の大切さを自覚していました。また、言葉を充電するための方法として、読書を推奨しました。皇帝の言葉と、それに基づく具体的な行動は、「実録」として記録されることになります。数十年、数百年の後にも、その言動が厳しく評価されていくのです。

言葉の大切さ

貞観八年、太宗がおそばに仕える臣下たちに言われた。「言語は、君子にとって最も大切なものである。談論《だんろん》は決して容易なものではない。およそ一般庶民にあっても、一言でも良くないものがあれば、人々はそれを記憶にとどめ、恥とわざわいになる。ましてや万乗《ばんじよう》（戦車一万台を保有する大国）の君主においてはなおさらだ。言葉を発してそれに背《そむ》き違《たが》うことがあってはならない。その損失はきわめて大きい。どうして匹夫《ひっぷ》と同じようにできようか。私はまさにこの点を戒めとなすべきだ。隋の煬帝《ようだい》がはじめて甘泉宮《かんせんきゅう》（離宮）に出かけ、その庭の様子が気に入った。しかし、蛍《ほたる》がいないのを怪しみ、勅《みことのり》して言った、『蛍を捕まえてきて、宮中で闇夜を照らせ』と。そこで役人はにわかに数千人を派遣して蛍を採集し、車五百台分の蛍を離宮に送った。［蛍という］小さな事ですらこの有様。ましてや大きな事ではなおさらだ」。魏徴《ぎちょう》がお答えして言った。「人君《じんくん》は天下の最も尊い位におられます。もし過ちがあれば、昔の人は、それを太陽や月の蝕《しょく》のように

人々がみな目にするものだとしています。実に陛下が戒め慎まれたところのようでございます」。（慎言語）

貞観八年《じょうがんはちねん》、太宗《たいそう》侍臣《じしん》に謂《い》いて曰《いわ》く、「言語《げんご》は、君子《くんし》の枢機《すうき》なり。談何《だんなん》ぞ容易《ようい》ならんや。凡《およ》そ衆庶《しゅうしょ》に在《あ》りても、一言善《いちげんよ》からざれば、則《すなわ》ち人《ひと》之《これ》を記《しる》し、其《そ》の恥累《ちるい》を成《な》す。況《いわ》んや是《こ》れ万《ばん》乗《じょう》の主《しゅ》をや。言《げん》を出《いだ》すこと乖失《かいしつ》する所《ところ》有《あ》るべからず。其《そ》の虧損《きそん》する所《ところ》、至大《しだい》なり。豈《あ》に匹《ひっ》夫《ぷ》に同《おな》じからんや。朕当《ちんまさ》に此《これ》を以《もっ》て戒《いまし》めと為《な》すべし。隋《ずい》の煬帝《ようだい》、初《はじ》めて甘泉宮《かんせんきゅう》に幸《こう》し、泉《せん》石意《せきい》に称《かな》う。而《しか》して蛍火《けいか》無《な》きを怪《あや》しみ、勅《みことのり》して云《い》う、『蛍火《けいか》を捉取《そくしゅ》し、宮中《きゅうちゅう》に於《おい》て夜《よ》を

貞観八年、太宗謂二侍臣一曰、「言語者、君子之枢機。談何容易。凡在二衆庶一、一言不レ善、則人記レ之、成二其恥累一。況是万乗之主。不レ可二出レ言有レ所二乖失一。其所二虧損一至大。豈同二匹夫一。朕当二以レ此為レ戒。隋煬帝、初幸二甘泉宮一、泉石称レ意。而怪レ無二蛍火一、勅云、『捉二取蛍火一、於二宮中一照レ夜』。

照《て》らせ』。所司《しょし》遽《にわか》に数千人《すうせんにん》を遣《つか》わして採拾《さいしゅう》し、五百轝《ごひゃくよ》を宮側《きゅうそく》に送《おく》る。小事《しょうじ》すら尚《な》お爾《しか》り。況《いわ》んや其《そ》の大事《だいじ》をや」。魏徴《ぎちょう》対《こた》えて曰《いわ》く、「人君《じんくん》は四海《しかい》の尊《そん》に居《お》る。若《も》し虧《き》失《しつ》有《あ》れば、古人《こじん》以《もっ》て日月《じつげつ》の蝕《しょく》の如《ごと》く、人皆之《ひとみなこれ》を見《み》ると為《な》す。実《じつ》に陛下《へいか》の戒慎《かいしん》する所《ところ》の如《ごと》きなり」。

所司遽遣二数千人一採拾、送二五百轝於宮側一。小事尚爾。況其大事乎」。魏徴対曰、「人君居二四海之尊一。若有二虧失一、古人以為下如二日月之蝕一、人皆見上レ之。実如三陛下所二戒慎一二」。

▼隋の煬帝が欲したという蛍。太宗は、これが亡国の兆しだったと指摘しています。蛍を鑑賞するのは夏の風物詩で、そのこと自体は、むしろ風流だとも言えます。しかし、離宮に蛍がいないからといって、数千人を派遣して蛍狩りをさせ、夜中、宮殿を照らすというのはいかがなものでしょうか。なにも蛍ごときでとやかく言うことはない、という意見もあるでしょう。しかし、一事が万事。このような常識外れの言葉は、その他のことがらについても発せられていったのです。魏徴も、そうした煬帝の失敗を認め、そもそも人君たるものは、太陽や月のようだと言います。日蝕・月蝕が起これば、人々は

何事かと天を仰ぎ見ることでしょう。失言はただちに知られてしまうのです。

讒言は聞き入れない

魏徴《ぎちょう》が秘書監《ひしょかん》（宮中の文書を司《つかさど》る秘書省の長）となった。すると〈魏徴が謀反《むほん》した〉と告げてきた者がいた。太宗が言われた、「魏徴はかつて私の敵であった。ただ、仕えていた人物（隠太子《いんたいし》）に忠実だったから、私は［そのことを評価し］抜擢して任用したのだ。どうしてみだりに讒構《ざんこう》（事実を曲げて虚偽を構築し、讒《ざん》言《げん》すること）をなすのか」。ついに魏徴を問いただすことはなく、ただちに、その讒言してきた者を処刑した。　（杜讒佞）

魏徴《ぎちょう》秘書監《ひしょかん》と為《な》る。徴《ちょう》の謀反《むほん》を告《つ》ぐる者有《ものあ》り。太宗曰《たいそういわ》く、「魏徴《ぎちょう》は昔吾《むかしわれ》の讎《あだ》なり。只事《ただつか》うる所《ところ》に忠《ちゅう》なるを以《もつ》て、吾遂《われつい》に抜《ぬ》きて之《これ》を用《もち》

魏徴為二秘書監一。有下告二徴謀反一者上。太宗曰、「魏徴昔吾之讎。只以レ忠二於所一レ事、吾遂

う。何《なん》ぞ乃《すなわ》ち妄《みだ》りに讒構《ざんこう》を生《しょう》ずるや」。竟《つい》に
徴《ちょう》を問《と》わず、遽《にわか》に告《つ》ぐる所《ところ》の者《もの》を斬《き》る。

抜而用レ之。何乃妄生二讒構一」。
竟不レ問レ徴、遽斬二所レ告者一。

▼言葉が大切だからと言って、すべての言が尊ばれるわけではありません。聴いてはならぬ言葉。それが讒言《ざんげん》です。孔子はかつて、「君子は人の美を成《な》し、人の悪を成さず」(『論語』顔淵篇)と述べていました。君子は他人の美点・長所を成就するように手助けし、他人の欠点やミスを助長するようなことはしない、という意味です。しかし、孔子がこのように述べるのは、実際には、そうでない人が多かったからではないでしょうか。人は他人の言動にケチを付け、足を引っ張ることが大好きです。その最たるものが讒言。「讒」とは、ありもしないことをでっちあげて人の悪口を言うことです。太宗は、その讒言に惑わされることはありませんでした。魏徴の人となりをよく知っていたからです。

読書の大切さ

貞観二年、太宗が房玄齢《ぼうげんれい》に言われた、「人として大いに学問をしなければならな

い。私は以前、多くの悪者どもが［蜂起《ほうき》して天下が］定まらなかったので、東西に遠征して、自ら戦争に従事し、読書をする余裕がなかった。このごろようやく天下が安静となり、わが身は宮殿にいるが、自分で書物を手に取ることはできず、人に読ませてそれを聴いている。君臣父子や政治教化の道は、すべて書物の中に記されている。昔の人は言っている、『勉強しなければ垣に向かって立っているようなもの（何も見えない）。いざ事に臨んだときにも、心が乱れるばかり』。これはでたらめではない。［読書によって］若いときに行ってきたことを振り返り、大いにその間違いに気づいたのだ」。（論悔過）

貞観二年《じょうがんにねん》、太宗《たいそう》房玄齢《ぼうげんれい》に謂《い》いて曰《いわ》く、「人《ひと》と為《な》りては大《おお》いに須《すべか》らく学問《がくもん》すべし。朕往《ちんさき》に群《ぐん》兇《きょう》未《いま》だ定《さだ》まらざるが為《ため》に、東西征討《とうざいせいとう》し、躬《み》戎事《じゅうじ》を親《みずか》らし、書《しょ》を読《よ》むに暇《いとま》あらず。比来《このごろ》、

貞観二年、太宗謂二房玄齢一曰、「為レ人大須二学問一。朕往為二群兇未レ定、東西征討、躬親二戎事一、不レ暇レ読レ書。比来、四

四海安静《しかいあんせい》、身《み》は殿堂《でんどう》に処《お》るも、自《みずか》ら書巻《しょかん》を執《と》る能《あた》わず、人《ひと》をして読《よ》ましめて之《これ》を聴《き》く。君《くん》臣父子《しんふし》、政教《せいきょう》の道《みち》、並《なら》びに書内《しょない》に在《あ》り。古人《こじん》云《い》う、『学《まな》ばざれば牆面《しょうめん》す。事《こと》に莅《のぞ》みて惟《こ》れ煩《はん》なり』。徒言《とげん》ならざるなり。却《かえ》って少小《しょうしょう》の時《とき》の行事《こうじ》を思《おも》い、大《おお》いに非《ひ》を覚《おぼ》ゆるなり」。

海安静、身処二殿堂一、不レ能三自執二書巻一、使二人読一而聴レ之。君臣父子、政教之道、並在二書内一。古人云、『不レ学牆面。莅レ事惟煩』。不二徒言一也。却思二少小時行事一、大覚レ非也」。

▼「勉強しなければ垣に向かって立っているようなもの……」とは、『書経《しょきょう》』周官篇の言葉。若い頃、もっぱら軍事に奔走した太宗は、読書の不足を反省し、今、ようやく天下が落ち着いたことによって、読書に努めようとしています。なぜ読書は大切なのか。それは、本の中に、君臣のあり方、親子のあり方、そして政治・教化の方法がすべて記されているからです。読書をしない人が増えていますが、それは、太宗に言わせれば、壁に向かって立っているようなもの。それでは何も見えないのです。

後悔しないための読書

貞観十七年、太宗がおそばに仕える臣下たちに言われた。「人の心情が最も痛むのは、親《おや》を亡くしたことに過ぎるものはない。だから孔子は言っている。『「親に対する」三年の喪《も》は、天下に普遍的な喪の決まりである』。これは天子から庶民に至るまでのことを言ったものだ。また［孔子は］こう言っている。『「殷の高宗《こうそう》は三年の喪の間、決してものを言わなかったとされるが」どうして必ずしも高宗だけであろうか。古《いにしえ》の人はみなそうだったのだ』。［ところが］近代の帝王は［喪の期間を短くし］、ついに漢の文帝《ぶんてい》が日《ひ》をもって月に代えた（一日を一月の代わりとし、三十六日で三年とみなした）制度を行い、はなはだ礼のきまりに背いている。私は、先ごろ、徐幹《じょかん》『中論《ちゅうろん》』の復三年喪篇《ふくさんねんそうへん》を読んだが、その道理ははなはだ詳しく正しいものであった。早くこの書を読まなかったため喪を行うのが粗略であったことを深く後悔している。ただ自分をとがめ自分を責めることを知るだけだ。後悔しても取り返しがつかない」。そこで久しく涙を流して悲しまれた。

貞観十七年《じょうがんじゅうしちねん》、太宗《たいそう》侍臣《じしん》に謂《い》いて曰《いわ》く、「人情《にんじょう》の至痛《しつう》なる者《もの》は、親《おや》を喪《うしな》うより過《す》ぎたるは莫《な》きなり。故《ゆえ》に孔子《こうし》云《い》う、『三年《さんねん》の喪《も》は、天下《てんか》の通喪《つうそう》なり』。天子《てんし》より庶人《しょじん》に達《たつ》するなり。又曰《またいわ》く、『何《なん》ぞ必《かなら》ずしも高宗《こうそう》のみならん。古《いにしえ》の人皆然《ひとみなしか》り』。近代《きんだい》の帝王《ていおう》、遂《つい》に漢文《かんぶん》の日《ひ》を以《もっ》て月《つき》に易《か》うるの制《せい》を行《おこな》い、甚《はなは》だ礼典《れいてん》に乖《そむ》く。朕《ちん》、昨《さく》、徐幹《じょかん》の中論《ちゅうろん》の復三年喪篇《ふくさんねんそうへん》を見《み》るに、義理《ぎり》甚《はなは》だ精審《せいしん》なり。深《ふか》く恨《うら》むは早《はや》く此《こ》の書《しょ》を見《み》ず、行《おこな》う所《ところ》大《おお》いに疏略《そりやく》なるを。但《た》だ自《みずか》ら咎《とが》め自《みずか》ら責《せ》むるを知《し》るのみ。追悔《ついかい》するも何《なん》ぞ

貞観十七年、太宗謂二侍臣一曰、「人情之至痛者、莫レ過二乎喪一レ親也。故孔子云、『三年之喪、天下之通喪』。自二天子一達二於庶人一也。又曰、『何必高宗。古之人皆然』。近代帝王、遂行二漢文以レ日易レ月之制一、甚乖二於礼典一。朕、昨、見二徐幹中論復三年喪篇一、義理甚精審。深恨不三早見二此書一、所レ行大疏略。但知二自咎自責一。追悔

━及《およ》ばん」。因《よ》りて悲泣《ひきゅう》すること之《これ》を久《ひさ》しうす。

何及」。因悲泣久レ之。

▽この条には少し解説が必要でしょう。まず、はじめに引用されている孔子の言は、『論語』陽貨《ようか》篇に、「子生まれて三年、然《しか》る後に父母の懐《ふところ》を免《まぬか》る。夫《そ》れ三年の喪は、天下の通喪なり」とあります。なぜ、親の喪の期間が三年なのか。それは、誰しも生まれて三年の間は両親の懐に抱かれて世話になるから。実際、乳を飲ませてもらい、歩行を助けてもらわなければ、生きてはいけません。少なくとも三年間は大切に育ててもらったのだから、親の死に際して、そのお返しとしての三年間、喪に服すのは当然なのです。

次の引用も、孔子の言。『論語』憲問《けんもん》篇に、「子張《しちょう》曰く、書に云う、高宗諒陰《こうそうりょうあん》三年言わず、と。何の謂《いい》ぞや。子曰く、何ぞ必ずしも高宗のみならん。古の人は皆然り」と見えます。弟子の子張が質問します。『書経』によると、殷の高宗は父の喪に服した三年間、政務について発言しなかったとされますがそれはどういうことでしょうか。これに答えて孔子は、それは高宗だけのことではない。昔はみなそうだったのだと述べています。

なお、徐幹（一七一～二一八）は、後漢時代末期から三国時代の魏《ぎ》の人。建安《けんあん》年間（一九六～二二〇）に活躍した代表的な七人の文人を「建安七子《しちし》」と呼びますが、その一人に数えられます。『中論』はその著。ここで指摘されている「復三年喪」という篇は、三年の喪の尊重について記されていたと推測されますが、残念ながら、今に伝わる『中論』二十篇の中には見えません。

実録にはありのままを書く

太宗は、房玄齢《ぼうげんれい》らが編纂した編年体《へんねんたい》の『高祖実録《こうそじつろく》』『太宗実録《たいそうじつろく》』の武徳《ぶとく》九年（六二六）六月四日の記載を見たが、それとなく遠回しに述べた言葉が多かった。そこで房玄齢に言われた。「昔、周公《しゅうこう》は管蔡《かんさい》（兄の管叔と弟の蔡叔）を誅殺《ちゅうさつ》して、周王朝は安泰となった。また、季友《きゆう》は、兄の叔牙《しゅくが》を鴆《ちん》（毒殺）して魯《ろ》国は安寧となった。私のとった行為は、これらとその精神が同じなのである。国家を安定させ、万民に利益を与えようとしただけなのだ。歴史官が筆を執って実録を記すのに、どうしていちいち隠すなどというわずらわしいことをするのか。すぐに虚飾の言葉を削り改めて、事実を直接記せ」。（論文史）

太宗《たいそう》六月四日《ろくがつよっか》の事《こと》を見《み》るに、語《ご》微文《びぶん》多《おお》し。乃《すなわ》ち玄齢《げんれい》に謂《い》いて曰《いわ》く、「昔《むかし》、周公《しゅうこう》管蔡《かんさい》を誅《ちゅう》して周室安《しゅうしつやす》し。季友《きゆう》叔牙《しゅくが》を鴆《ちん》して魯国寧《ろこくやす》し。朕《ちん》の為《な》す所《ところ》は、義《ぎ》此《こ》の類《るい》に同《おな》じ。蓋《けだ》し社稷《しゃしょく》を安《やす》んじ万人《ばんにん》を利《り》する所以《ゆえん》のみ。史官筆《しかんふで》を執《と》るに何《なん》ぞ隠《かく》す有《あ》るを煩《わずら》わさん。宜《よろ》しく即《すなわ》ち浮《ふ》詞《し》を改削《かいさく》して、其《そ》の事《こと》を直書《ちょくしょ》すべし」。

太宗見二六月四日事一、語多二微文一。乃謂二玄齢一曰、「昔周公誅二管蔡一、而周室安。季友鴆二叔牙一、而魯国寧。朕之所レ為、義同二此類一。蓋所下以安二社稷一利中万人上耳。史官執レ筆、何煩レ有レ隠。宜下即改二削浮詞一、直中書其事上」。

▼「実録」とは、天子の言行を編年体《へんねんたい》で記した歴史書です。古代中国では、『春秋左氏伝』が編年体の代表でした。基本的には、できごとの順番に書いていくという手法です。その後、『史記』『漢書』など、歴代王朝の正史は、紀伝体《きでんたい》を採用しています。紀伝体とは、年月順に記すのではなく、皇帝の伝記である「紀」、その他の人物の伝記である

「伝」ごとに、分けて書くものです。皇帝の実録は、南北朝時代に始まったとされますが、制度として完成したのは、この唐代です。

ちなみに、明治以降の日本でも、宮内省・宮内庁で天皇実録が編纂されています。二〇一四年、『昭和天皇実録』が完成し天皇皇后両陛下に献呈されたのは、記憶に新しいところです。この『昭和天皇実録』は、昭和天皇八十七年の生涯を、宮内庁が二十四年の歳月をかけて編纂したもので、基本的には編年体で記されています。

さて、唐の『高祖実録《こうそじつろく》』『太宗実録《たいそうじつろく》』武徳《ぶとく》九年（六二六）六月四日の記載。これは、あの忌まわしい「玄武門の変」があった日です。当時の皇太子李建成《りけんせい》がクーデターを画策し、それを察知した李世民（太宗）が、宮城の北門である玄武門で討ったという事件です。自分の兄を殺したわけですから、歴史官としても、実録の記載の筆が鈍《にぶ》るのは当然と言えましょう。

「微文《びぶん》」とは、遠回しな、あたりさわりのない文章という意味です。ところが、太宗は、隠し立てをせず、しっかりと事実を記すようにと命じています。自らの行為が、周の周公旦や魯の季友と同じく、国のため、天下太平のため、何も恥じることはないと考えているからでした。

その周公旦と季友について少し補足しておきましょう。まず、周公旦は、周の文王の子で、武王の弟にあたります。武王を輔佐して殷《いん》の紂王《ちゅうおう》を討ち、武王の子の成王《せいおう》を助けて周王朝の礎《いしずえ》を築きました。同じく、文王の子である管叔と蔡叔は、周公旦が王位を奪おうとしていると讒言《ざんげん》し、反乱を起こしました。周公旦は、成王の命を受けてこの二人を討ったのです。

次に、季友は、魯の荘公（在位前六九三～前六六二）の弟。末の弟で、荘公の次が慶《けい》父《ほ》、その次が叔牙《しゅくが》です。『春秋左氏伝』荘公三十二年（前六六二）の記載によると、荘公は、孟任《もうじん》をめとって般《はん》を生み、般を次の君位に就けようとしました。病気に倒れた荘公が後継について叔牙に問うと兄の慶父を推薦。荘公は嘆いて季友に問います。すると季友は般を立てることを進言し、国の混乱を憂いて叔牙に毒を飲ませたのでした。鴆《ちん》とは、羽に毒を持つという鳥で、この羽を浸した酒で毒殺することを「鴆殺」と言います。

周公旦像（岐山周公廟）

周公旦や季友の勇断は、あくまで天下国

家を思ってのこと。決して私怨にもとづくものではありません。太宗が兄の李建成を討ったのも、唐王朝に思いを致すがゆえの悲壮な決断でした。

関係略年表

五八一（開皇一）	楊堅《ようけん》（文帝）、隋《ずい》を建国。
五八三（開皇三）	隋、大興城（長安）に遷都。
五八九（開皇九）	隋、陳を滅ぼして天下を統一。南北朝時代の終焉。
六〇四（仁寿四）	文帝没。楊広《ようこう》（煬帝《ようだい》）即位。洛陽城を建造して副都とする。
六〇五（大業一）	隋、大運河工事に着手。
六〇七（大業三）	隋、長城を建設。
※六〇七	日本（倭）、小野妹子を隋に派遣（遣隋使）。
六一二（大業八）	隋、第一次高句麗遠征。
六一三（大業九）	第二次高句麗遠征。
六一四（大業十）	第三次高句麗遠征。隋国内で反乱勃発。政情不安となる。
六一六（大業十二）	煬帝、江都（揚州）に行幸。各地で反乱続発。
六一七（大業十三）	李淵《りえん》、挙兵して長安陥落。
六一八（大業十四）	煬帝、宇文化及《うぶんかきゅう》の乱（一〇九頁参照）で殺される。李淵（高祖）、唐を建国（唐初代皇帝）。

六二六（武徳九）	玄武門《げんぶもん》の変《へん》（八八、一七六頁参照）。李世民《りせいみん》（太宗）即位（第二代皇帝）。
六二七（貞観一）	「貞観《じようがん》の治《ち》」始まる。
※六三〇	日本、最初の遣唐使を派遣。
六三五（貞観九）	高祖没。
六四〇（貞観十四）	孔穎達《くようだつ》らに『五経正義《ごきようせいぎ》』の編纂を命ずる。
※六四五	日本、大化の改新。
六四九（貞観二十三）	太宗没。李治《りち》（高宗）即位（第三代皇帝）。
六七〇（咸亨一）	呉兢《ごきよう》（『貞観政要』の著者）生まれる（〜七四九）。
※六七二	日本、壬申の乱。
六八四（嗣聖一）	高宗の後を受け、第四代皇帝李顕《りけん》（中宗《ちゆうそう》）即位。即位後すぐに武則天《ぶそくてん》（高宗の皇后。中宗の生母）によって退位させられる。
六九〇（天授一）	武則天が李旦《りたん》（睿宗《えいそう》）を廃して即位（則天武后）。
七〇五（神龍一）	中宗が復位。
七一〇（景雲一）	睿宗が復位。
※七一〇	日本、平城京に遷都。奈良時代。
七一二（延和一）	睿宗が李隆基《りりゆうき》（玄宗《げんそう》）に譲位。

七一三（開元一）	玄宗による「開元《かいげん》の治《ち》」始まる。
※七一七	日本、阿倍仲麻呂が唐に到着。
※七九四	日本、平安京に遷都。平安時代。
※八九四	日本、遣唐使を中止する。
九〇七（天祐四）	朱全忠《しゅぜんちゅう》、唐を滅ぼす。「五代十国時代」始まる。
一三三三（至順四）	『貞観政要』刊本（戈直《かちょく》本、通行本）の成立。
※一六〇〇（慶長五）	日本、徳川家康が『貞観政要』和刻本を刊行（慶長版）。
※一八二三（文政六）	日本、紀州藩が『貞観政要』和刻本を刊行（紀州版）。

テキスト解説

『貞観政要』には、テキストについて少し複雑な事情があります。やや専門的になるので、本文とは切り離し、ここで簡潔に補足しておきましょう。

「はじめに」で紹介したように、『貞観政要』の成立年代については、実はいくつかの説があります。そのうち、原田種成《はらだたねしげ》氏が提唱した二段階進呈《しんてい》説は、興味深い学説です。まず、唐の歴史家呉兢《ごきょう》が中宗に対して『貞観政要』を進呈し（初進本《しょしんぽん》）、その後、太子《たいし》左庶子《さしょし》（皇太子の教育係）に就任していた呉兢が、特に太子・諸王の教化を念頭に置いて、内容を少し改編し、玄宗に進呈した（再進本《さいしんぽん》）、という成立説です。その大きな根拠となっているのは、『貞観政要』に系統を異にする二種のテキストが見いだせるという点です。

後に通行するのは、元《げん》の至順《しじゅん》四年（一三三三）に、戈直《かちょく》が校訂して注釈をつけて刊行した、いわゆる戈直本です。

戈直は、江西臨川《こうせいりんせん》の出身。字は子敬《しけい》、または伯敬《はくけい》。元の有名な学者呉澄《ごちょう》を師として学び、自身も元代を代表する歴史家となった人です。

この戈直の刊本は、名だたる学者たち（たとえば、欧陽脩《おうようしゅう》、司馬光《しばこう》、呂祖謙《りょそけん》など）の諸説を加味したもので、明の憲宗《けんそう》が成化《せいか》元年（一四六五）に刊行したことで一気に普及しました。これを成化本とも呼びます。

ただ、この刊本（戈直本系統）は、唐代の初進本と比較すると、さまざまな違いが見いだせます。特に、巻四（第九篇から第十二篇）の篇名・内容は特徴的ですので、簡単に比較してみましょう。

初進本	再進本	戈直本系統
補弼第九	太子諸王定分第九	太子諸王定分第九
直言諫争第十	尊敬師傅第十	尊敬師傅第十
興廃第十一	教戒太子諸王第十一	教戒太子諸王第十一
求媚第十二	規諫第十二	規諫第十二

このように、初進本と再進本・戈直本系統とには大きな相違があります。原田氏の調査研究によれば、日本には、戈直本が刊行される以前の旧写本が早くに伝来していて、その方が、呉兢編纂の本来の姿(初進本)に近いというのです。その旧写本とは、具体的には、南家本《なんけぼん》、菅原本《すがわらぼん》、写字台本《しゃじだいぼん》などと呼ばれるテキストです。南家本は、藤原南家に伝わる秘本で、現在は宮内庁書陵部にその一部が見られます。菅原本は、菅原家に伝わる古抄本で東洋史学家の内藤湖南《ないとうこなん》が収蔵していた写本。写字台本は、龍谷大学図書館に収蔵されていたもので、もとは西本願寺歴代門主《もんしゅ》の文庫であった写字台文庫収蔵の古写本です。原田氏は、ここから独自の『貞観政要定本《ていほん》』を作成し、それに基づく訳注書を「新釈漢文大系」(明治書院)の『貞観政要』全二巻として刊行しています(上巻が一九七八年、下巻が一九七九年)。

一方、戈直本系統の刊本は、中国で通行するとともに、日本でも、徳川家康が、慶長五年(一六〇〇)、足利《あしかが》学校に命じて刊行し(慶長版)、また紀州藩でもこれにもとづく和刻本が刊行され(紀州版)、広く読まれるようになりました。

そして現在、『貞観政要』を精読する際に、原田氏の『貞観政要定本』とともに定評があるのは、冒頭の凡例でも紹介した『貞観政要集校《しゅうこう》』(中華書局、二〇〇三年)です。

このテキストは、現代中国の学者謝保《しゃほ》成《せい》氏が、『貞観政要』の多くのテキストを集めて対照し、詳しい注記を付けて校訂したもので、文字通り「集校」と呼ぶにふさわしい内容です。底本としている主なテキストは、日本に伝わった古写本と戈直本系統の刊本の計四種です。さらに、そのほか十八種類にも及ぶテキストを照合して、文字を確定しています。本書では、基本的に、この『貞観政要集校』に基づいて原文を提示し、書き下し文と現代語訳を作成しました（ただし、『貞観政要集校』の注釈や他の諸本を参照して、一部文字を改めた箇所があります）。

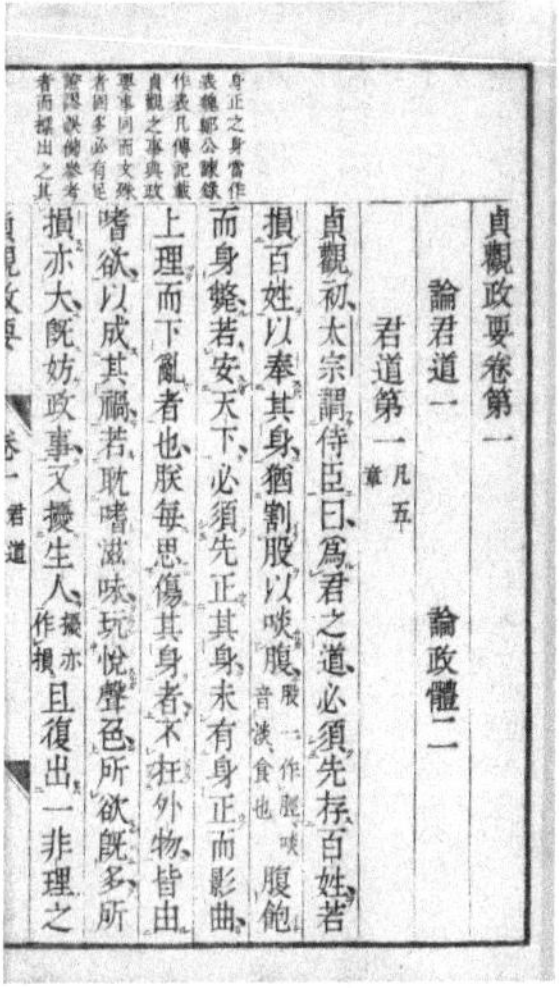
貞觀政要卷第一
論君道一　論政體二
君道第一　凡五章
貞觀初、太宗謂侍臣曰、爲君之道、必須先存百姓、若損百姓以奉其身、猶割股以啖腹、股一作脛 啖音淡、食也 腹飽而身斃、若安天下、必須先正其身、未有身正而影曲、上理而下亂者也、朕每思傷其身者不在外物、皆由嗜欲、以成其禍、若耽嗜滋味、玩悅聲色、所欲既多、所損亦大、既妨政事、又擾生人、擾亦作損 且復出一非理之
貞觀政要　卷一　君道

和刻本『貞観政要』

主要登場人物解説

・隋の煬帝《ようだい》……隋の第二代皇帝。五六九～六一八。在位は六〇四～六一七。隋の初代皇帝文帝楊堅《ようけん》の第二子。姓名は楊広《ようこう》。大運河の開削、宮殿建築、高句麗遠征などを繰り返し、国力を疲弊させ、国民の反発を招いた。六一八年、宇文化及《うぶんかきゅう》らの反乱により、殺害された。

・唐の高祖（李淵《りえん》）……唐の初代皇帝。五六六～六三五。在位は、六一八～六二六。字は叔徳《しゅくとく》。隋の太原留守《りゅうしゅ》に就任していたが、反乱を決意。突厥《とっけつ》の助力を得て都の長安に入り、唐朝を建てた。六二六年、子の李世民が玄武門の変で勝利したのを受け、李世民に譲位、引退した。

・唐の太宗（李《り》世民《せいみん》）……唐の第二代皇帝。五九七～六四九。在位は、六二六～六四九。

隋文帝（『歴代古人像賛』）

唐高祖（『新刻歴代聖賢像賛』）

高祖李淵の次子。李淵を助けて唐朝の建国に貢献。玄武門の変で長兄の李建成を討ち、李淵から譲位されて即位。「貞観の治」と呼ばれる太平の世を築いた。『貞観政要』の主人公。

・**魏徴**《ぎちょう》……初唐の名臣。五八〇～六四三。字は玄成《げんせい》、諡《おくりな》は文貞《ぶんてい》。はじめ隋に仕えていたが、唐朝の成立後は、皇太子李建成の側近となった。その後、玄武門の変で李世民（太宗）が勝利すると、李世民に仕えた。太宗は魏徴の才能を高く評価し、諫議大夫《かんぎたいふ》に昇進させた。『貞観政要』では、太宗に諫言する臣下として最も多く登場する。

・**蕭瑀**《しょうう》……隋から唐にかけての政治家。五七五～六四八。唐の太宗は、王朝の成立に貢献した二十四人の臣下を顕彰し、貞観十七年（六四三）、西京宮城東北の凌煙閣《りょうえんかく》に画像を描かせたが（これを「凌煙閣二十四功臣」と称す）、長孫無忌《ちょうそんむき》、房玄齢《ぼうげんれい》、李靖《りせい》などとともにその一人とされた。

・**房玄齢**《ぼうげんれい》……唐の創業期の功臣。五七八～六四八。杜如晦《とじょかい》らとともに、玄武門の変を成功させ、「貞観の治」を支えた。正史『晋書《しんじょ》』は、勅令により房玄齢らが編纂したもの。『貞観政要』では、太宗の「創業か守成か」という問いに、「創業」の苦労を主張する臣下として登場する。

・王珪《おうけい》……唐初の臣下。五七〇〜六三九。はじめ太子李建成に仕えていたが、玄武門の変の後、李世民に仕える。貞観六年（六三二）、太宗は丹霞殿《たんかでん》で宴を催し、かつての仇敵だった王珪を評価する言葉を述べている。

・褚遂良《ちょすいりょう》……唐の政治家・書家。五九六〜六五八。太宗のとき、諫議大夫《かんぎたいふ》を務める。太宗が、「蘭亭序《らんていじょ》」で有名な東晋《とうしん》の書家王羲之《おうぎし》の書を収集したとき、この褚遂良が誤りなく鑑定したと伝えられる。書の才能に秀でて、欧陽詢《おうようじゅん》・虞世南《ぐせいなん》とともに「初唐三大家」の一人とされる。

・韋挺《いてい》……唐の名臣。五九〇〜六四七。はじめ李建成に仕えたが、後に太宗に見いだされ、黄門侍郎、御史大夫などを歴任した。『貞観政要』では、貞観六年（六三二）、杜《と》正倫《せいりん》・虞世南《ぐせいなん》などとともに、封事《ふうじ》（天子にご覧いただくために密封して差し出す意見書）を提出して太宗を諫め、太宗はそれを嘉納《かのう》して褒め称えたとされる。

・杜正倫《とせいりん》……隋代に始まった科挙に兄弟三人とも合格した秀才。太宗李世民に見いだされ、中書侍郎（中書省の副官）に就任した。

・虞世南《ぐせいなん》……隋末唐初の政治家・書家。五五八〜六三八。字は伯施《はくし》、諡《おくりな》は文懿《ぶんい》。書家として有名で、特に楷書にすぐれていた。欧陽詢《おうようじゅん》・褚遂良《ちょすいりょう》とともに、「初唐三大家」の一人とされる。書の業績として「孔子廟堂碑《こうしびょうどうひ》」、主著に『北堂書鈔《ほくどうしょしょう》』がある。

・**姚思廉《ようしれん》**……唐初の政治家・歴史家。五五七〜六三七。はじめ隋に仕えたが、太宗李世民に見いだされ、文学館学士となった。玄武門の変の後、貞観のはじめに、著作郎・弘文館学士に任命された。貞観六年（六三二）、御史大夫《ぎょしたいふ》韋挺《いてい》・中書侍郎《ちゅうしょじろう》杜正倫《とせいりん》・秘書少監《ひしょしょうかん》虞世南《ぐせいなん》とともに、厳しい意見書を提出し、逆に太宗に褒められたことが『貞観政要』に記されている。

・**長孫無忌《ちょうそんむき》**……唐の政治家。？〜六五九。字は輔機《ほき》。太宗を助けて天下の平定に貢献した。玄武門の変では、房玄齢・杜如晦らとともに計謀を画策した。唐の太宗李世民の長孫皇后の兄で、唐朝の外戚に当たる。「凌煙閣二十四功臣」の第一位にあげられる。編著に、『太宗実録』『唐律疏義《とうりつそぎ》』など。

・**李靖《りせい》**……唐の政治家・軍人。五七一〜六四九。隋に仕える忠臣であったが、挙兵した李淵に捕らえられ、斬首される直前に、李世民の口添えもあって許された。その後は、太宗李世民に仕え、初唐の名将として活躍し、特に突厥《とっけつ》征伐などで功績を挙げた。太宗と軍事について問答を行い、それが『李衛公問対《りえいこうもんたい》』としてまとめられた。この書は、『孫子』『呉子』などとともに中国を代表する兵書「武経七書《ぶけいしちしょ》」の一つとされている。

・虞世基《ぐせいき》……隋の政治家。?～六一八。虞世南の兄。隋の煬帝の重臣として仕えたが、煬帝の暴走を止めることができず、後に宇文化及《うぶんかきゅう》の乱で殺された。『貞観政要』には、この虞世基の評価をめぐって、太宗と臣下たちの長い問答が記されている。
・杜如晦《とじょかい》……唐の創業期の名臣。五八五～六三〇。太宗に仕えた名宰相で、房玄齢らとともに「貞観の治」を支えた。はじめ隋に仕えたが、辞職して郷里に帰っていたところ、房玄齢に見いだされ、太宗李世民に仕えることとなった。『貞観政要』には、「杜如晦は聡明で見識にすぐれている」「(太宗が)諸侯で満足されるのなら、彼を用いる場はないでしょう。しかし天下を治めようとされるなら、彼でなければ他に人材はありません」という房玄齢の推薦の言葉が記されている。
・高士廉《こうしれん》……隋から唐の政治家・軍人。五七六～六四七。「凌煙閣二十四功臣」の一人。はじめ隋に仕えていたが、李世民に重用され、玄武門の変でも、長孫無忌らとともに策謀をめぐらした。のち、尚書右僕射《しょうしょうぼくや》に就任した。
・于志寧《うしねい》……唐の政治家。五八八～六六五。左庶子《さしょし》(太子の教育係)に就いていたとき、太宗の皇太子の李承乾《しょうけん》をしばしば諫め、『諫苑《かんえん》』という諫諍の書二十巻を編纂した。
・孔穎達《くようだつ》……隋末唐初の学者。五七四～六四八。字は仲達《ちゅうたつ》。魏徴とともに正史『隋書』

を編纂した。最大の学問的業績は、『五経正義《ごきょうせいぎ》』の編纂。それまで文字や解釈の揺れがあった五経テキストについて、経書の字句や注釈の統一を図った。貞観十六年（六四二）に編纂が終了し、その後、高宗《こうそう》（第三代皇帝、在位六四九〜六八三）の永徽《えいき》四年（六五三）に頒布された。

・**顔師古《がんしこ》**……唐の学者。五八一〜六四五。顔之推《がんしすい》（南北朝時代の学者で『顔子家訓《がんしかくん》』の著者）の孫にあたる。訓詁注釈の学に秀で、『漢書』の優れた注を書いたことで知られる。

あとがき

誕生日に涙した太宗のエピソードを紹介して、本書を閉じることにしましょう。『貞観政要』論礼楽篇《ろんれいがく》にこうあります。

貞観十七年十二月癸丑《きちゆう》の日、太宗はおそばにつかえる臣下たちにこう言われた。「今日は私の誕生日だ。世間では誕生日を、喜び楽しむ日だとしている。しかし、私の心情としては、むしろ感傷《かんしよう》の思いをいたすのだ」。(中略)そして、涙を流された。

これはなぜでしょうか。太宗は天下を手中に収め、「貞観の治」を実現した偉大な帝王です。しかし、自分を生み育ててくれた母親に対して、今後、十分な孝養《こうよう》を尽くすことができるのか。仮にできたとしてもそれは長い時間ではなかろう。そうした感傷がこみ上げてきたのです。「孝行のしたい時分に親はなし」ということでしょう。

さらに、この思いが自分の誕生日にわき上がってきたのにも、理由があります。太宗は、考えました。誕生日とは、そもそも、母が出産で苦しんだ日。一つ間違えば命の危険があった日。であれば、その日に、母の苦労を忘れて、宴楽にふけることなどできない、というわけです。誕生日を無条件に祝ってしまう私たちとは、決定的な意識の違いがあります。ここには、中国の伝統的な「孝」の思想が表れているでしょう。

このように、太宗とは、隋末唐初の混乱期を生きた稀代《きたい》の英雄でありながら、こまやかな心配りのできる「情《じょう》」の人でもありました。自分の誕生日に涙を流す、感性豊かな人だったのです。この太宗のもとに多くの名臣が集《つど》いました。彼らとの珠玉の問答が、歴史家呉兢《ごきょう》の手によってまとめられ、『貞観政要』という名著を生んだのです。

湯浅邦弘

や行

た行

な行

は行

ま行

◆主要語句索引◆

ビギナーズ・クラシックス 中国《ちゅうごく》の古《こ》典《てん》

貞《じょう》観《がん》政《せい》要《よう》

湯《ゆ》浅《あさ》邦《くに》弘《ひろ》

平成29年 1月25日 初版発行
令和4年 4月15日 9版発行

発行者●青柳昌行

発行●株式会社KADOKAWA
〒102-8177 東京都千代田区富士見2-13-3
電話 0570-002-301（ナビダイヤル）

角川文庫 20176

印刷所●株式会社KADOKAWA
製本所●株式会社KADOKAWA

表紙画●和田三造

●お問い合わせ
https://www.kadokawa.co.jp/（「お問い合わせ」へお進みください）
※内容によっては、お答えできない場合があります。
※サポートは日本国内のみとさせていただきます。
※Japanese text only

ISBN978-4-04-400174-2 C0198

◆◇◇

角川文庫発刊に際して

角川源義

第二次世界大戦の敗北は、軍事力の敗北であった以上に、私たちの若い文化力の敗退であった。私たちの文化が戦争に対して如何に無力であり、単なるあだ花に過ぎなかったかを、私たちは身を以て体験し痛感した。西洋近代文化の摂取にとって、明治以後八十年の歳月は決して短かすぎたとは言えない。にもかかわらず、近代文化の伝統を確立し、自由な批判と柔軟な良識に富む文化層として自らを形成することに私たちは失敗して来た。そしてこれは、各層への文化の普及滲透を任務とする出版人の責任でもあった。

一九四五年以来、私たちは再び振出しに戻り、第一歩から踏み出すことを余儀なくされた。これは大きな不幸ではあるが、反面、これまでの混沌・未熟・歪曲の中にあった我が国の文化に秩序と確たる基礎を齎らすためには絶好の機会でもある。角川書店は、このような祖国の文化的危機にあたり、微力をも顧みず再建の礎石たるべき抱負と決意とをもって出発したが、ここに創立以来の念願を果すべく角川文庫を発刊する。これまで刊行されたあらゆる全集叢書文庫類の長所と短所とを検討し、古今東西の不朽の典籍を、良心的編集のもとに、廉価に、そして書架にふさわしい美本として、多くのひとびとに提供しようとする。しかし私たちは徒らに百科全書的な知識のジレッタントを作ることを目的とせず、あくまで祖国の文化に秩序と再建への道を示し、この文庫を角川書店の栄ある事業として、今後永久に継続発展せしめ、学芸と教養との殿堂として大成せんことを期したい。多くの読書子の愛情ある忠言と支持とによって、この希望と抱負とを完遂せしめられんことを願う。

一九四九年五月三日

角川ソフィア文庫ベストセラー

ビギナーズ・クラシックス 中国の古典
菜根譚
湯浅邦弘

「一歩を譲る」「人にやさしく己に厳しく」など、人づきあいの極意、治世に応じた生き方、人間の器の磨き方を明快に説く、処世訓の最高傑作。わかりやすい現代語訳と解説で楽しむ、初心者にやさしい入門書。

ビギナーズ・クラシックス 中国の古典
孫子・三十六計
湯浅邦弘

中国最高の兵法書『孫子』と、その要点となる三六通りの戦術をまとめた『三十六計』。語り継がれてきた名言は、ビジネスや対人関係の手引として、実際の社会や人生に役立つこと必至。古典の英知を知る書。

ビギナーズ・クラシックス 中国の古典
論語
加地伸行

孔子が残した言葉には、いつの時代にも共通する「人としての生きかた」の基本理念が凝縮され、現代人にも多くの知恵と勇気を与えてくれる。はじめて中国古典にふれる人に最適。中学生から読める論語入門！

ビギナーズ・クラシックス 中国の古典
李白
筧久美子

大酒を飲みながら月を愛で、鳥と遊び、自由きままに旅を続けた李白。あけっぴろげで痛快な詩は、音読すれば耳にも心地よく、多くの民衆に愛されてきた。豪快奔放に生きた詩仙・李白の、浪漫の世界に遊ぶ。

ビギナーズ・クラシックス 中国の古典
老子・荘子
野村茂夫

老荘思想は、儒教と並ぶもう一つの中国思想。「上善は水のごとし」「大器晩成」「胡蝶の夢」など、人生を豊かにする親しみやすい言葉と、ユーモアに満ちた寓話を楽しみながら、無為自然に生きる知恵を学ぶ。

角川ソフィア文庫ベストセラー

ビギナーズ・クラシックス 中国の古典
陶淵明
釜谷武志

自然と酒を愛し、日常生活の喜びや苦しみをこまやかに描く一方、「死」に対して揺れ動く自分の心を詠んだ田園詩人。「帰去来辞」や「桃花源記」ほかひとつ一つの詩を丁寧に味わい、詩人の心にふれる。

ビギナーズ・クラシックス 中国の古典
韓非子
西川靖二

「矛盾」「株を守る」などのエピソードを用いて法家の思想を説いた韓非。冷静ですぐれた政治思想と鋭い人間分析、君主の君主による君主のための支配を理想とする君主論は、現代のリーダーたちにも魅力たっぷり。

ビギナーズ・クラシックス 中国の古典
杜甫
黒川洋一

若くから各地を放浪し、現実社会を見つめ続けた杜甫。日本人に愛され、文学にも大きな影響を与え続けた「詩聖」の詩から、「兵庫行」「石壕吏」などの長編を主にたどり、情熱と繊細さに溢れた真の魅力に迫る。

ビギナーズ・クラシックス 中国の古典
大学・中庸
矢羽野隆男

国家の指導者を目指す者たちの教訓書である『大学』。人間の本性とは何かを論じ、誠実を尽くせと説く『中庸』。わかりやすい現代語訳と丁寧な解説で、今の時代に生きる中国思想の教えを学ぶ、格好の入門書。

ビギナーズ・クラシックス 中国の古典
易経
三浦國雄

陽と陰の二つの記号で六四通りの配列を作る易は、「主体的に読み解き未来を予測する思索的な道具」として活用されてきた。中国三〇〇〇年の知恵『易経』をコンパクトにまとめ、訳と語釈、占例をつけた決定版。

角川ソフィア文庫ベストセラー

唐詩選

ビギナーズ・クラシックス 中国の古典

深澤一幸

漢詩の入門書として最も親しまれてきた『唐詩選』。李白・杜甫・王維・白居易をはじめ、朗読するだけで風景が浮かんでくる感動的な詩の世界を楽しむ。初心者にもやさしい解説とすらすら読めるふりがな付き。

史記

ビギナーズ・クラシックス 中国の古典

福島正

司馬遷が書いた全一三〇巻におよぶ中国最初の正史が一冊でわかる入門書。「鴻門の会」「四面楚歌」で有名な項羽と劉邦の戦いや、悲劇的な英雄の生涯など、強烈な個性をもった人物たちの名場面を精選して収録。

白楽天

ビギナーズ・クラシックス 中国の古典

下定雅弘

日本文化に大きな影響を及ぼした白楽天。炭売り老人への憐憫や左遷地で見た雪景色を詠んだ代表作ほか、家族、四季の風物、酒、音楽などを題材とした情愛濃やかな詩を味わう。大詩人の詩と生涯を知る入門書。

蒙求

ビギナーズ・クラシックス 中国の古典

今鷹眞

「蛍火以照書」から「蛍の光、窓の雪」の歌が生まれ、「漱石枕流」は夏目漱石のペンネームの由来になった。礼節や忠義など不変の教養逸話も多く、日本でも多く読まれた子供向け歴史故実書から三一編を厳選。

十八史略

ビギナーズ・クラシックス 中国の古典

竹内弘行

中国の太古から南宋末までを簡潔に記した歴史書から、注目の人間ドラマをピックアップ。伝説あり、暴君あり、国を揺るがす美女の登場あり。日本人が好んで読んできた中国史の大筋が、わかった気になる入門書!

角川ソフィア文庫ベストセラー

春秋左氏伝
ビギナーズ・クラシックス 中国の古典
安本 博

古代魯国史『春秋』の注釈書ながら、巧みな文章で人々を魅了し続けてきた『左氏伝』。「力のみで人を治めることはできない」「一端発した言葉に責任を持つ」など、生き方の指南本としても読める！

詩経・楚辞
ビギナーズ・クラシックス 中国の古典
牧角悦子

結婚して子供をたくさん産むことが最大の幸福であった古代の人々が、その喜びや悲しみをうたい、神々への祈りの歌として長く愛読してきた『詩経』と『楚辞』。中国最古の詩集を楽しむ一番やさしい入門書。

孟子
ビギナーズ・クラシックス 中国の古典
佐野大介

論語とともに四書に数えられる儒教の必読書。人の上に立つ者ほど徳を身につけなければならないとする王道主義の教えと、「五十歩百歩」「私淑」などの故事成語の宝庫をやさしい現代語訳と解説で楽しむ入門書。

中国故事
飯塚 朗

「流石」「杜撰」「五十歩百歩」などの日常語から、「帰りなん、いざ」「燕雀いずくんぞ鴻鵠の志を知らんや」などの名言・格言まで、113語を解説。味わい深い名文で最高の人生訓を学ぶ、故事成語入門。
ビギナーズ 日本の思想

道元「典座教訓《てんぞきょうくん》」
禅の食事と心
道 元
訳・解説／藤井宗哲

食と仏道を同じレベルで語った『典座教訓』を、建長寺をはじめ、長く禅寺の典座（てんぞ／禅寺の食事係）を勤めた訳者自らの体験をもとに読み解く。禅の精神を日常の言葉で語り、禅の核心に迫る名著に肉迫。

角川ソフィア文庫ベストセラー

ビギナーズ 日本の思想
福沢諭吉「学問のすすめ」
福沢諭吉
訳／佐藤きむ
解説／坂井達朗

国際社会にふさわしい人間となるために学問をしよう！ 維新直後の明治の人々を励ます福沢のことばは現代にも生きている。現代語訳と解説で福沢の生き方と思想が身近な存在になる。略年表、読書案内付き。

ビギナーズ 日本の思想
新訳 茶の本
岡倉天心
訳／大久保喬樹

『茶の本』（全訳）と『東洋の理想』（抄訳）を、読みやすい訳文と解説で読む！ ロマンチックで波乱に富んだ生涯を、エピソードと証言で綴った読み物風伝記も付載。天心の思想と人物が理解できる入門書。

ビギナーズ 日本の思想
新訳 弓と禅
付・「武士道的な弓道」講演録
オイゲン・ヘリゲル
魚住孝至＝訳・解説

弓道を学び、無の心で的を射よという師の言葉に禅の奥義を感得した哲学者ヘリゲル。帰国後に著された本書には、あらゆる道に通底する無心の教えが刻み込まれている。最新研究に基づく解説を付す新訳決定版！

ビギナーズ 日本の思想
西郷隆盛「南洲翁遺訓」
西郷隆盛
訳・解説／猪飼隆明

明治新政府への批判を込め、国家や為政者のあるべき姿と社会で活躍する心構えを説いた遺訓。やさしい訳文とともに、その言葉がいつ語られたものか、一条ごとに読み解き、生き生きとした西郷の人生を味わう。

ビギナーズ 日本の思想
空海「三《さん》教《ごう》指《しい》帰《き》」
空海
訳／加藤純隆・加藤精一

日本に真言密教をもたらした空海が、渡唐前の青年時代に著した名著。放蕩息子に儒者・道士・仏教者がそれぞれ説得を試みるという設定で各宗教の優劣を論じ、仏教こそが最高の道であると導く情熱の書。

角川ソフィア文庫ベストセラー

ビギナーズ　日本の思想
空海「秘蔵宝鑰《ひぞうほうやく》」
こころの底を知る手引き

空　海
訳／加藤純隆・加藤精一

『三教指帰』で仏教の思想が最高であると宣言した空海は、多様化する仏教の中での最高のものを、心の発達段階として究明する。思想家空海の真髄を示す、集大成の名著。詳しい訳文でその醍醐味を味わう。

茶の湯名言集
ビギナーズ　日本の思想

田　中　仙　堂

珠光・千利休・小堀遠州・松平定信・井伊直弼——。一流の茶人は一流の文化人であり、人間を深く見つめる目を持っていた。茶の達人たちが残した言葉から、人間関係の機微、人間観察、自己修養などを学ぶ。

ビギナーズ　日本の思想
九鬼周造「いきの構造」

九　鬼　周　造
編／大久保喬樹

恋愛のテクニックが江戸好みの美意識「いき」を生んだ——。日本文化論の傑作を平易な話し言葉にし、各章ごとに内容を要約。異端の哲学者・九鬼周造の波乱に富んだ人生遍歴と、思想の本質に迫る入門書。

ビギナーズ　日本の思想
空海「般若心経秘鍵《はんにゃしんぎょうひけん》」

空　海
編／加藤精一

宗派や時代を超えて愛誦される「般若心経」。人々の幸せを願い続けた空海は、最晩年にその本質を〈こころ〉で読み解き、後世への希望として記した。名言や逸話とともに、空海思想の集大成をわかりやすく読む。

ビギナーズ　日本の思想
宮本武蔵「五輪書」

宮　本　武　蔵
編／魚住孝至

「地・水・火・風・空」5巻の兵法を再構成。フィクションが先行する剣客の本当の姿を、自筆の書状や関係した藩の資料とともにたどる。剣術から剣道への展開に触れ『五輪書』の意義と武蔵の実像に迫る決定版。

角川ソフィア文庫ベストセラー

ビギナーズ　日本の思想
空海「即身成仏義」「声字実相義」「吽字義」
空　海
編／加藤精一

大日如来はどのような仏身なのかを説く「即身成仏義」。言語や文章は全て大日如来の活動とする「声字実相義」。あらゆる価値の共通の原点は大日如来とする「吽字義」。真言密教を理解する上で必読の三部作。

ビギナーズ　日本の思想
空海「弁顕密二教論《べんけんみつにきょうろん》」
空　海
加藤精一＝訳

空海の中心的教義を密教、他の一切の教えを顕教として、二つの教えの違いと密教の独自性を理論的に明らかにした迫真の書。唐から戻って間もない頃の若き空海の情熱が伝わる名著をわかりやすい口語訳で読む。

ビギナーズ　日本の思想
新訳　武士道
新渡戸稲造
訳／大久保喬樹

深い精神性と倫理性を備えた文化国家・日本を世界に広めた名著『武士道』。平易な訳文とともに、その意義や背景を各章の「解説ノート」で紹介。巻末に「新渡戸稲造の生涯と思想」も付載する新訳決定版！

ビギナーズ　日本の思想
日蓮「立正安国論」「開目抄」
日　蓮
編／小松邦彰

蒙古襲来を予見し国難回避を諭した「立正安国論」、柱となり眼目となり大船となって日本を救おうと宣言する「開目抄」。混迷する日本を救済しようとした日蓮が、強烈な信念で書き上げた二大代表作。

ビギナーズ　日本の思想
空海「性霊集」抄
空　海
加藤精一＝訳

空海の人柄がにじみ出る詩や碑文、書簡などを弟子の真済がまとめた性霊集全１１２編のうち、30編を抄出。書き下し文と現代語訳、解説を加える。空海の一人の僧としての矜持を理解するのに最適の書。

角川ソフィア文庫ベストセラー

万葉集
ビギナーズ・クラシックス 日本の古典
編／角川書店

日本最古の歌集から名歌約一四〇首を厳選。恋の歌、家族や友人を想う歌、死を悼む歌。天皇や宮廷歌人をはじめ、名もなき多くの人々が詠んだ素朴で力強い歌の数々を丁寧に解説。万葉人の喜怒哀楽を味わう。

蜻蛉日記
ビギナーズ・クラシックス 日本の古典
右大将道綱母
編／角川書店

美貌と和歌の才能に恵まれ、藤原兼家という出世街道まっしぐらな夫をもちながら、蜻蛉のようにはかない自らの身の上を嘆く、二一年間の記録。有名章段を味わいながら、真摯に生きた一女性の真情に迫る。

徒然草
ビギナーズ・クラシックス 日本の古典
吉田兼好
編／角川書店

日本の中世を代表する知の巨人・吉田兼好。その無常観とたゆみない求道精神に貫かれた名随筆集から、兼好の人となりや当時の人々のエピソードが味わえる代表的な章段を選び抜いた最良の徒然草入門。

今昔物語集
ビギナーズ・クラシックス 日本の古典
編／角川書店

インド・中国から日本各地に至る、広大な世界のあらゆる階層の人々のバラエティーに富んだ日本最大の説話集。特に著名な話を選りすぐり、現実的で躍動感あふれる古文が現代語訳とともに楽しめる！

古事記
ビギナーズ・クラシックス 日本の古典
編／角川書店

天皇家の系譜と王権の由来を記した、我が国最古の歴史書。国生み神話や倭建命の英雄譚ほか著名なシーンが、ふりがな付きの原文と現代語訳で味わえる。図版やコラムも豊富に収録。初心者にも最適な入門書。